경성제국대학 일본어잡지 『청량』 소설 선집 2
1930년대 『청량』 편

경성제국대학 일본어잡지 『청량』 소설 선집 2

1930년대 『청량』 편

초판 인쇄   2016년 6월 17일
초판 발행   2016년 6월 24일

편역자 김 욱
펴낸이 이대현
편 집 권분옥
펴낸곳 도서출판 역락
주 소 서울시 서초구 동광로 46길 6-6 문창빌딩 2층
전 화 02-3409-2060(편집부), 2058(영업부)
팩 스 02-3409-2059
등 록 1999년 4월 19일 제303-2002-000014호
이메일 youkrack@hanmail.net

정 가 8,000원
ISBN   979-11-5686-337-3 03830

* 이 도서의 국립중앙도서관 출판예정도서목록(CIP)은 서지정보유통지원시스템 홈페이지
  (http://seoji.nl.go.kr)와 국가자료공동목록시스템(http://www.nl.go.kr/kolisnet)에서 이용
  하실 수 있습니다.(CIP제어번호: CIP2016015214)

이 저서는 2007년 정부(교육과학기술부)의 재원으로 한국연구재단의 지원을 받아
수행된 연구임(NRF-2007-362-A00019).

경성제국대학 일본어잡지 『청량』 소설 선집 2

1930년대 『청량』 편

김 욱 편역

역락

차례

해 제

●

김 욱

1930년대 초기의 『청량淸凉』에 나타난 '조선' 표상의 모습들

1. 『청량』의 발간 경위와 1930년대 이후의 변화

1920년대 초에 식민지 조선에서는 문화정치의 일환으로서 제국대학이 설립되었다. 제국의 <외지>인 조선에 제국대학을 설립하기 위해 먼저 제국대학령에 근거하여 조선교육령을 개정하고, 예과를 개설하였다. 당시 조선에는 대학에 진학할 수 있는 고등교육기관인 고등학교가 부재했기 때문에 1918년에 개설한 홋카이도제국대학 예과[1])를 참고로 하여 조선의 제국대학에도 그 방

---

[1]) 예과(豫科)는 대학에 진학하기 전에 예비 교육을 실시하는 대학 직속 전문기관으로 경성제대에서는 1934년까지 2년 과정으로 실시하였다. 고등학교와 동등한 위

침을 적용했다. 이렇게 1924년에 개교한 경성제국대학 예과에서 문학에 뜻이 있는 선생과 학생들이 모여 1925년 5월 18일에『청량(淸凉)』이 발간되기에 이른다. 일본어 잡지이며 조선인과 일본인 학생이 편집자 혹은 필진으로 활약하였다. 이『청량』은 또한 경성제대의 공인된 종합잡지의 성격을 지녔으며 문예란 이외에도 여러 학교 소식을 전하기도 하였다.

역자는 작년에 경성제국대학의 예과 잡지『청량』에서 1920년대에 연재된 재조일본인의 소설의 번역한 바가 있고,[2] 논문의 형식을 빌려 발간사와 초기 경향을 검토한 바 있다.[3] 이 잡지는 경성제국대학이 당시 식민지 내에 설립된 최초의 <내선공학(內鮮共學)>의 형태를 취한 고등교육기관이라는 점에서, 또한 <내지>인과 <식민지>인의 우수한 학생들이 공론의 장을 형성할 수 있는 환경을 조성하였다는 점에서 의의를 가진다고 평가할 수 있다. 한 잡지 안에서 하나의 언어로 두 가지 양태를 보여주고 있다는

치에 있다고 보이나 예과에 들어가기 위해서는 시험을 치루어야 했고 이곳에서 공부한 자는 바로 경성제대 학부로 입학할 수 있었다. 제국대학에서 예과를 운용한 곳은 총 3곳으로 1918년에 개설된 홋카이도제국대학을 비롯해 식민지 제국대학인 경성제국대학과 대만제국대학 등이 있다. 우마고시 도오루(馬越徹),『韓國近代大學の成立と展開－大學モデルの伝播研究－』, 나고야대학 출판부, 1997, 101-104면 참고.

2) 김욱,「경성제국대학 일본어잡지 청량 소설 선집」, 역락, 2015.

3) 김욱,「일반논문 : 경성제국대학 일본어잡지『청량(淸凉)』발간과 초기 작품 연구: 1920년대 재조일본인 학생의 글에 나타난 <조선>상을 중심으로」,『한림일본학』제27권, 2015, pp.141-174.

부분이야말로『청량』이라는 사료가 가지는 가장 큰 의미라 할 수 있을 것이다. 하지만 1920년대의『청량』에서는 몇몇 재조일본인 학생이 '조선'상에 대한 견해를 문학의 장에 얼마 정도 쏟아낸 것과 달리, 조선인 학생은 식민지인으로서 제국의 고등학제에 편입된 입장을 고려한 부분이 반영된 건지, 특히 산문에서는 '조선'이라는 단어를 언급하는 것조차 꺼려한 기색이 보인다. 이에 작품 배경을 독자의 판단에 맡기는 듯이 애매하게 처리하거나 일본 혹은 제3세계를 배경으로 창작한 경우가 많았다.

반면에 1930년대에 들어서면, 점차 조선인 학생들도 스스로의 민족적 정체성에 대한 문제를 거론하기 시작하는 것처럼 보인다. 1930년대 초반의『청량』에서 특히 두각을 보인 조선인 필자는 김영년, 노성석, 오영진 등이다. 이들은 편집자로서『청량』발간에 참여하기도 하는 한편, 스스로 창작한 일본어 작품을 각각의 제호에 게재하였다. 그리고 이들 소설에 이전과는 달리 분명하게 '조선'을 거론하며, '조선인'의 문화와 모습을 담아냈다. 더불어 재조일본인 학생들 또한 계속하여 '조선'의 문제에 대해 주의를 기울이고 있는 것으로 보이며, '내지인'으로서의 식민자적 입장이나, 식민지 경영 일선에 있는 '재조일본인'으로서의 자각 등이 소설이라는 매개를 통해 드러나고 있다.

2. 번역 소설에 대한 소개

위와 같은 부분을 염두에 둔 후에, 먼저 본서에 실린 번역소설
에 대해 간략히 살펴보도록 하겠다. <1920년대 편>에 이어 본
<1930년대 편>에는 총 여섯 작품의 일본어 소설이 번역되었다.
지난번과 가장 크게 다른 점은, 이번에는 조선인 학생들의 소설
을 수록하였다는 사실이다. 이는 본 역서의 초점이 당시 일본어
소설이 구성하는 '조선'상에 맞춰져 있는 것과 무관하지 않다.

1920년대에 게재된 소설만 하여도 조선인은 '내지인' 교수나
동급생을 의식한 탓인지 '조선'에 대한 주제를 표면으로 들어내
지 않았다. '조선' 냄새를 풍기는 단어나 표현들을 피한 문장들만
보아도 이러한 조심성은 역력히 드러난다. 몇몇 재조일본인 학생
은 '조선' 혹은 '조선'에 살고 있는 '재조일본인'을 테마로 글을
썼지만, '내지'와 연결되어 있는 '재조일본인'의 모습을 강조하거
나 혹은 '조선'의 부정적인 표상들을 가져와 겉핥기 수준으로 나
타내는 정도에 불과했다.

하지만 1930년대에 창작된 '조선'을 소재로 한 이들 소설에는
공통적으로 '내지'보다는 '조선'에서 일어난 일 자체를 중점에 둔
서사가 다분히 나타나고 있다.

가령, 먼저 『청량』 제14호에 실린 김영년의 『밤(夜)』4)을 살펴보

면, 이 소설은 조선의 농촌 문제를 조선인 농민의 시선에서 그려 내고 있다. 산문 투고율이 저조하여 상금을 걸고 개최한 '보고문 학'의 1등 입선작이기도 한 이 소설은, '식민지시기에 일어난 제 도적 근대화가 누구에게 어떠한 영향을 미쳤는가를 분명히 한 다'[5]라는 표현처럼, 작품에는 농민의 악덕지주를 대표하는 이만 석(李萬石)과 정치적 착취를 가하고 있는 구장(區長)에게 시달리는 농민을 있는 그대로 묘사해냈다. 사회주의 리얼리즘 소설의 면모 를 갖춘 소설로서 궁핍한 농민의 현실을 적나라하게 보여주고 있 다. 김영년이 이 소설을 발표하기 전까지, 조선인 학생의 소설에 는 <조선>에 대한 직접적인 시선이 회피되고 있었다. 때문에 배 경을 조선도 내지도 아닌 미지의 어떤 곳으로 상정하거나, 내지 의 이야기를 그리는 게 다반사였다. 하지만 김영년은 조선인 중 에서도 가장 아래 위치에 있었던 하층민의 시선과 동화하면서 <조선>의 현실에서 눈을 돌리지 않았다. 그리고 이 발상은 사 회주의에서 말하는 하부구조를 인식하는 부분에서 출발하고 있 었다.

다음으로 오노 히사시게(小野久繁)의 「혼마치거리(本町通り)」[6](14호) 를 들 수 있다. 이 소설은 서두에서 시마자키 도손(島崎藤村)의 「夜

4) 京城帝國大學豫科學友會, 『淸凉』 14號, 1932, pp.45-53.
5) 신미삼, 「『청량』 소재 이중어 소설 연구」, 『한민족어문학』 제53집, 2008, p.111.
6) 京城帝國大學豫科學友會, 『淸凉』 14號, 1932, pp.54-60.

明け前」에 사용된 수법을 따랐다고 밝힌 것처럼, 관찰자로서 조망한 경성의 '혼마치거리'를 묘사한 소설이다. 「전국실업자의 추정수가 사십팔만(全國失業者の推定數を四十八万)」에 달하는 사실을 지적하며, 작자본인의 아버지도 「얼굴의 주름을 복잡하게(顔の皺を複雑にし)」 만들고 있는 것을 토로하면서 서술방식과 어울리지 않게 본인의 감정을 노출시키기도 한다. 이러한 오류는 물론 아직 젊은 학생의 완성되지 않은 문체에서 비롯된 것이기도 하겠지만, 그만큼 당시의 경성 묘사에 있어서 자본주의 사회체제와 불평등의 문제는 불가분의 관계였음을 증명하기도 한다. 또한 이 소설은 앞선 소설들보다 조선에 사는 일본인으로서의 자각이 엿보이며, <내지>에 대한 관심과 그것을 경성의 현실로 연결하는 부분이 뛰어나다고 할 수 있다.

잇시키 다케시(一色豪)의 「장충단풍경(奬忠壇風景)」7)(14호)은 재조일본인 청년들의 조선에 대한 관심이 사회주의 사상과 맞물리고 있다는 사실을 드러내고 있다.8) 조선인으로 보이는 일련의 노동자들이 행렬하는 군인들을 보며 소외감을 느끼는 모습을 포착하는 시선은, 재조일본인 작가 자신이 일본을 객관화하면서 하층민중의 조선인과 동화하는 방식으로 나타난다. 즉, 프로문학의 형

---

7) 京城帝國大學豫科學友會, 『淸凉』 14號, 1932, pp.61-70.
8) 자세한 것은 윤대석, 「경성제국대학의 학생 문예와 재조일본인 작가」, 『동아시아의 일본어잡지 유통과 식민지문학』, 역락, 2014, pp.169-170 참조.

식은 재조일본인으로서 조선민중의 시선과 동화할 수 있는 가장 적합한 방식이었고 그것이 <내지>의 상황과 비견되면서 더욱 대비되는 상황을 그려낼 수 있었던 것이다.

노성석(盧聖錫)의 「명문의 후예(名門の出)」(17호)[9]라는 작품은 김동리의 「화랑의 후예」와 상당 부분 유사한 점이 있는 소설이다. 크게 두 가지 서사가 존재하는데, 하나는 최와 류의 신식 교제에 대한 연애 서사이고, 다른 하나는 최의 아버지가 가지고 있는 '양반'의 체면에 대한 서사이다. 이야기는 후반부로 갈수록 이 '양반'의 체면에 대해 초점을 맞춰가고 있는데, 결코 상놈의 여식과 양반의 자식인 자기 아들을 결혼시킬 수 없었던 최의 아버지는 끝내 며느리감인 류가 유서 깊은 명가의 후예임을 밝혀내고 마을 사람들 앞에서 체면을 세운다. 비록 풍자성은 「화랑의 후예」에 뒤지지만 연애서사와 당시 조선 양반이 가지고 있던 관습의 문제를 절묘하게 결합시켰다는 점에서 뒤지지 않는 면모를 보여주고 있다. 더불어 1934년 1월에 창작된 점을 미루어보아 모방한 글이 아니라는 사실도 분명하게 알 수 있다.

다음으로 이즈미 야스카즈(泉靖一)가 지은 「도자기가 있는 별실(壺の部室)」(17호)[10]은 한 보험회사의 사장이 가진 취미에 대한 이야기를 담아냈다. 그가 회사 일이나 사회주의 사상에 물든 아들에

---

9) 京城帝國大學豫科學友會, 『淸凉』 17號, 1934, pp.55-64.
10) 京城帝國大學豫科學友會, 『淸凉』 17號, 1934, pp.29-34.

대한 걱정에서 벗어날 수 있는 유일한 취미는, 그의 집에 마련된 도자기가 있는 방에서 유서 깊은 도자기들을 감상하는 시간이었다. 그 방에는 가장 아끼는 '천 년의 향기가 묻어 있는' 고려자기(高麗燒)를 중심으로 아름다운 자기들이 고고한 자태를 뽐내며 장식되어 있었다. 이들 도자기는 사장의 부인에게는 '현재 그녀의 옆에 있지 않는' '과거의 사람들'로 분하여 애무의 대상이 되며, 사장에게는 '천 년 전의 꿈'을 보여주는 안식처를 제공한다. 하지만 이러한 '꿈'도 그가 신봉하는 자본주의적 사회의 구조에 따라 막대한 '보험금'을 지불하지 않을 수 없는 상황에 처하면서 무너지고 만다.

마지막으로 오영진(吳泳鎭)의 「할머니(婆さん)」(18호)[11]는 조선의 구 여성이 가진 고뇌를 이야기로 풀어냄으로써 조선의 전근대적 문제와 자본주의화 된 식민지 조선의 당대 문제를 동시에 노출시키고 있다. 소설의 화자는 입원한 병원에서 20년 동안 청소부로 근속한 '할머니'의 존재에 관심을 가지게 된다. 그녀는 두 번의 결혼을 거치며 전근대 계급제 사회의 희생양으로서 「생지옥(生地獄)」의 시간을 보낸 여성이다. 이는 그녀를 「편협한 개인주의자(偏狹なる個人主義者)」 만들기 충분했다. 하지만 할머니는 차마 병원에서 쫓겨날 처지인 할아버지를 무시할 수 없었고 자신이 살아왔던 자본

---

11) 京城帝國大學豫科學友會, 『清涼』 18號, 1934, pp.37-43.

주의적 삶의 방식을 부정하면서까지 그를 돕고 만다. 선량한 약자였던 할머니를 모순된 존재로 만들어버린 사회에 대한 비판을 이 소설은 담아내고 있다.

3. '조선'에 대한 주목과 시대 변화의 감지

이 소설들을 읽으면서 알 수 있는 것 중에 가장 특별한 점은, 조선인 학생도, 재조일본인 학생도 어느 정도 '내지(內地)' 중심적인 사고에서 탈피하여 '조선(朝鮮)'을 주목하고 있다는 사실이다.

1930년대에『청량』에 게재된 많은 산문 소설 중에서도『밤』이나『장충단 풍경』,『명문의 후예』,『할머니』등은 가령, 당대 '조선'의 현실만을 포착하여 조선 농촌의 현실을 보여준다든가, 관찰자적 시선으로 장충단 주변의 경성 풍경을 묘사한다든지, 조선에서 신식 교육을 받은 아들과 가문 혹은 혈통에 집착하는 구시대적 인물상의 대립을 그려내거나, 전근대적 조선과 근대 조선의 시대흐름에 이중으로 희생을 당한 가엾은 여성을 제시하는 서사 구조를 가지고 있다.

『혼마치거리』는 내지의 경제 상황과 조선의 상황을 비교하면서도, 혼마치거리에 있는 지명에 대한 유래를 고찰해본다든지,

조선 땅에 사는 사람들의 당대 모습을 생생하게 묘사하는 방식으로 '내지' 보다는 '조선'의 상황에 중점을 두고 서술하고 있다. 『도자기가 있는 별실』은 앞선 소설들과 달리 배경이 불분명하게 묘사되어 있지만 '고려자기'를 중심으로 이야기가 전개된다는 점에서 '조선'상과 연관이 깊다. 특히 일본의 도자기는 묘사 언급이 없으며 '조선', '지나', '이국'의 도자기만 언급이 되는데, 그중에서도 '고려자기'는 '현실'과 격리된 '이상향'으로 향하는 매개체로 역할하고 있다. 도자기 중에서도 '조선'의 것을 으뜸으로 생각하는 사고방식은 잘 알려져 있다시피 당시 일본인들이 '조선'의 고급문화로서 도자기를 꼽고 있었다는 사실과 관련이 있다고 말할 수 있겠다.

더불어 사회주의 문학이 금기시되던 1930년대 초반에『청량』에 실린 상당수의 산문에서 사회주의에 대한 언급이 자주 보인다는 사실 또한 신선하게 다가온다. 제국 일본에서는 1920년대 후반부터 이미 엄격한 검열제도가 마련되어 사회주의 경향의 잡지나 소설들이 출구를 찾지 못하고 있었는데, 특이하게도『청량』에서는 사회주의 리얼리즘을 다룬 비평이 게재된다든지, 프롤레타리아적 경향이 산문에서 묻어난다든지 하며 지속적으로 프로문학에 대한 관심이 엿보이고 있다. 당장 이곳에 번역된 소설들 중에서『밤』이나『장충단풍경』,『할머니』처럼 사회주의 리얼리즘의 시선으로 자본주의에 희생당하고 있는 하층민의 모습을 절절히 묘사한다든지, 『혼마치거리』나 『도자기가 있는 풍경』과 같이 비판 내지는 풍자의 대상으로서 자본주의사회가 묘사되고 있다는 점은 주목할 만하다.

이렇게 프로문학의 관심이 『청량』에서 계속 이어져 온 것은, 이들이 여러 가지 학문을 흡수하고 있는 학생들이었기 때문에 가능했던 것이리라 사료된다. 더불어 농민 혹은 서민의 시선, 노동자의 시선으로 '조선'의 현실을 바라볼 때, 재조일본인은 물론 조선인에게도 프롤레타리아적 사고를 매개로 하는 것이 가장 적합한 수단이었기 때문에 이러한 양상을 보이지 않았을까 하는 생각이 들기도 한다. 따라서 이에 대해 좀 더 고찰할 필요성이 보인다. 무엇보다 이들 소설의 '조선'에 대한 묘사나 '사회주의 리얼리즘'의 시선 같은 요소가 말해주는 것은, 세계대공황의 여파나 만주사변과 같은 사건이 벌어진 1930년대 초라는 격동의 시기에서, 식민지 조선 땅에 살고 있던 조선인과 재조일본인 청년들이 무언가 시대가 빠르게 변하고 있음을 감지하였다는 것이다. 이는 그대로 이들의 소설에서 더러는 날 것으로 드러나고, 더러는 우회적인 문체로 녹아들어 있었다.

이 책에는 본서에 번역된 소설들을 접하고 1930년대 초반이라는 시기에 소위 경성의 ─ 조선 혹은 재조일본인 ─ 인텔리 청년들이 가진 '조선'에 대한 시선을 조금이라도 느낄 수 있다면 하는 바람을 담았다. 아직 미흡한 부분이 있음에도 불구하고 '경성제국대학 일본어잡지' 소설 번역이라는 테마로, 앞선 역서와 더불어 두 번째 역서를 낼 수 있도록 기회를 마련해주고 도움을 주신 모든 분들께 소소한 감사의 말씀을 전하고 싶다.

밤夜

김영년(金永年)

이 주사 댁 아들이 어느 날인가 내가 거처하는 곳에 찾아와 이렇게 말한 적이 있다.

　"밥 세 번 먹는 것도 번거로운 일이네."

　그리곤 '번거로운 일'이라는 단어가 마음에 들었는지, 금니를 내보이며 씨익 웃었다. 그러나 그의 이 위대한 진리의 발견이, 그가 사족처럼 단 주석으로 가치를 잃어버린 것은 안타까운 일이었다.

　"전신이 땀으로 떠내려 갈 것 같은 기분이군."

　나는 저녁의 '번거로운 일'을 끝마치고는 문간에 섰다. 매미 울음소리가 홍수처럼 사방에서 밀려오고, 서쪽하늘에 펼쳐진 검푸른 산의 곡선 위에 그을린 동전 같은 태양이 나른한 기운을 풍기며 떠올라 있었다. 잎사귀 끝이 쭈글쭈글해질 정도로 더운 날씨에 타닥타닥 타오르고 있던 대지가, 지금 저녁바람의 한가운데서 조용히 식어가고 있다.

──상쾌한 바람이다. 이 길을 따라 나 있는 한쪽면의 논밭에는 얼마 전에 내린 비 덕분에 간신히 뿌리내린 지 얼마 안 난 모종이 연일 이어진 폭염으로 영양실조에 걸린 아이처럼 누렇게 되어 가끔 쌀쌀한 소리를 내면서 바람에 나부꼈다.

해질녘을 붙잡고 있는 햇빛이, 모종 사이를 가로지르며 노인의 주름 같이 난 금을 검게 비추고 있다. 논밭과 길을 나누고 있는 일렬의 긴 옥수수껍질이 의젓하게 끄덕이고 있다.

읍내(邑內ウムネ)에 장작을 팔러갔다 돌아온 마을의 농부들이 내 앞을 지나치며,

"진지 잡쉈어요?(チンジチアブショッセヨ)[1]"

하고 인사했다.

"안녕하세요. 좀 팔렸나요?"

벼농사를 포기한 그들은 최후의 발버둥으로 뭐든지 손에 잡히는 대로 팔아 돈을 마련하려 했다. 남의 산에라도 기어들어가서 며칠을 고생하여 벤 것을 등에 지고 읍내로 내려왔다. 그러나 읍내의 가게 주인들은 교활했다. 해질녘이 되어 사오 리 정도의 먼 거리를 걸어 와 물건은 팔러 온 남자들은 몸도 마음도 수척해지기 시작할 즈음이 되면, 초조한 마음에 별 도리 없이 싼 가격에

---

1) 원문에 가타가나로 조선어 음차표기가 되어 있으며, 뒤에 덧붙이는 말로 '저녁인 사(今晩は)'가 적혀 있다.

에누리하여 팔아버리고 마는 것이다. 그것이 아연할 정도의 싼 가격이라고 해도 팔지 않으면 안 되는 그들이었다.

"팔았다고 하면 판 것이지만, 품삯도 안 나오는 가격일세."

그렇게 말하고 까무잡잡하게 여윈 얼굴에 난 주름을 무리해서 구기며 웃어보였다.

"안녕히 가세요."

해가 벌써 떨어졌다. 매미 울음소리가 큰 파도의 잔물결처럼 간헐적으로 들려온다. 소를 앞세운 어린아이가 마주 보이는 산 쪽에서 생각지도 못한 오솔길로 갑자기 불쑥 튀어나와 느긋하게 어슬렁거리며 걸어갔다. 그 모습을 아직 잠에서 덜 깬 것 같은 달빛이 수묵화처럼 물들이고 있었다.

옆집 최 서방의 집에서 여자가 떠들어대는 목소리나, 철물을 두들기는 소리가 한참동안 계속됐다. 이윽고 최 서방의 으르렁대는 굵은 목소리가 두세 번 울리자, 아이가 쇠 긁는 소리를 내며 울기 시작했다. 이를 뒤로 하고 최 서방이 느릿느릿 걸어 나왔다. 그리고 마을의 신목(神木)인 오래된 느티나무 아래에 깔려진 가마니를 펴고 그 위에 아무렇게나 누웠다. 마을 사람들 중에는 이 신목의 넓은 둥치에 모여앉아 자는 이들이 많았다. 오늘도 벌써 7~8명이, 물 먹은 종이처럼 땀으로 흠뻑 젖은 바지(バシ)를 여기저기에 하얗게 드러내놓고 누워 있었다.

면사무소 직원은 밤이 되면 신목 아래에 누워 있는 그들을 '시찰'하고는,

"요즘 농민들은 태만한 진 건지 몰라도 적당히 요령피우는 게 늘었어. 왜냐면 저들은 밤에 부업으로 돗자리 짜는 것도 안 해. 혹은 안 해도 된다고 생각하는 걸까."

라고 하는 결론을 내고 그리 보고했던 모양이다. 그의 우수한 '직감력'은 탄복할 정도이다. 하지만 나는 그의 명해 보이는 눈동자에 비친 '진상'이란 과연 그러한 건지 의문이 들었다.

빈민구제를 위해 마련된 비용의 몇 천 분의 일 정도를 기본금으로 마련한 '공제조합'이 있다. 그 사무를 지휘하는 면사무소에서는 신청자에 대해서 한 세대에 최고 12원을 빌려주고 있었다. 그것은 부업을 권장함으로써 생계에 여유를 불어넣기 위한 때문이기도 하다. 그러나 그 혜택을 얻는 것은 그 돈을 연 1할의 이자와 함께 일 년 안에 변제할 수 있는 능력이 있음을 증명하는 자에 한해서였다. 때문에 이리하여 정말로 하루하루에 쫓기는 사람들은 이 최후의 구제책마저도 지원받지 못하는 것이다.

하지만 이 혜택을 바라는 자들 또한 실은 비참하게도 그 '변제능력'마저도 없다는 것을 폭로당하기 마련이었다. 그들은 그 12원으로 부업을 하는 대신, 그 돈으로 그날의 끼니를 해결해야 했기 때문이다. 하지만 그것은 그 해 안에 갚지 않으면 안 되었다. 이

러한 사실은 가을과 봄 수확기에 그들의 손에서 남는 것이 녹말과 나무껍질 밖에 없는 이유이기도 하다. 실로 '변제능력'의 참상이란 이런 것이다.

그러나 제 2의 구제혜택이 있다. '특별히 이자는 매월 분납이 가능하게 한다'고 하는 것이다. 하지만 그렇다고 하더라도 그들에게는 이 또한 매월 이자를 내지 않으면 안 된다는 말로 들렸다. 한 달에 6전 정도의 돈은 그들에게 목숨처럼 아까운 것이었다.

감사하게도 그들은 어려운 생계에 보탬이 될 만한 것을 알려주고 있었다. 저금이 바로 그것이다. '공제조합'은 매월 한 세대에 12전의 저금을 권하고 있다. 그것은 태양이 동쪽에서 떠오르는 것처럼 반드시 지키지 않으면 안 되는 일과 같다면서. 이 저금을 위해 어떤 집에서는 삼 일을 먹지 않고 일하지 않으면 안 되었다든가, 어떤 집에서는 이 주일동안 하루 두 끼(그것도 형식만 차린)를 먹지 않으면 안 되었다든가 하는 말이 나왔다. 이러한 '아름다운 고생담'은 그들 농민에게 저금을 장려할 때 면장이 엄숙한 얼굴로 때때로 인용하는 예이기도 하다. '미덕'은 어떠한 고생을 겪더라도 키워낼 가치가 있는 것이라며. 이 저금은 이윽고 농민의 생활까지 윤택하게 할 것이라며.

그렇지만 이 저금이 한 번도 그들을 도운 적이 없다는 사실은 조금도 불가사의한 일이 아니다. 결국 그들이 부도덕한 짓을 저지르고 있기 때문이다. 지주 이 주사로부터 빌린 돈을 갚지 않았다든가, '공제조합'에서 빌린 돈을 갚지 않았다든가 하는, 모든 것이 도리에 어긋나는 짓들만 하는 녀석들이 있기에!

따라서 그런 녀석들의 저금을 변제로 대신 돌리는 것은 별로 이상한 일이 아니다. 하지만 한 사람의 저금으로는 결코 그 빚을 갚아낼 수 없다. 가을과 봄 앞에 수확은 지주가 소작료를 떼고 '공제조합'이 변제금의 일부를 대신해 가져가버리면 남는 것이 없다. 따라서 공제조합원(모든 마을 사람)은 이러한 애처로운 사람을 위해 그 저금을 희생하여 구해주지 않으면 안 되었다. '조합원 중에 어떤 자가 지주나 조합에서 빌린 돈을 갚지 못할 경우에는 전 조합원의 저금으로 이것을 처리해야 한다. 바로 여기에 '공제(共濟)'라는 이름의 의미가 있고, 그 아름다움이 있는 것이다'라는 면장의 언변은 뛰어난 머리를 가진 지주의 그것과 다름없었다.

이렇게 공제조합원과 지주간의 빚 변제는 상호 보증된 것이었다. 빈민구제라 함은 빈민 스스로가 '공제'하는 미덕을 키움을 말한다.

빈민을 구제하기 위해 만든 '공제조합'의 기본금은 해를 갈수록 점점 불어만 갔다. 농민은 자기가 저금한 돈을 구제비로써 눈물을 흘리며 빌려간 뒤 거기에 이자를 붙여 갚지 않으면 안 된다. 하지만 그 저금은 공제 때문에 꿈결과 같이 사라져버린다.

그러니까 다시 말하면 이러한 까닭에 그들은 밤에 하는 돗자리 짜기가 불가능한 것이며, 신목 아래에서 누워 지내는 것이다.

아니, 어리석은 자의 말은 이렇듯 길어지는 법이니 이만 전날 밤의 이야기로 돌아가도록 하겠다.

　최 서방이 옆으로 누운 것을 보고 나도 그 느티나무 아래로 향했다. 어떤 이는 장수연(長壽煙)[2]을 태우고 있었다. 반딧불이의 꽁무니처럼 가끔 코와 눈이 번쩍번쩍 빛났다. 어떤 이는 말라죽은 나무껍질을 엉덩이에 깔고 그것으로 새끼줄을 만들고 있었다. 어떤 사람은 엉거주춤한 자세로 몇 번이고 헝겊을 대어 깁은 부채를 부치고 있었다. 다른 자들은 하늘을 보고 누워 떨어질 것처럼 아슬아슬하게 떠 있는 별들을 바라보고 있었다.

　아무도 입을 열지 않았다. 모기만 시끄럽게 날개소리를 내고 있었다.

　모두 지쳐 있었다. 벼가 말라죽으면 그들은 이제 익숙한 듯이 다시 괴로운 감정에 휩싸여야 했다. 가끔 소작을 붙이는 논에 다녀올 때면 탄식을 내뱉으며 돌아왔다. 모내기철에는 조금도 실해 보이지 않는 모종을 주는 공무원과 싸움까지 벌였다. 그럼에도 모내기를 기다렸다는 듯이 태양은 모종의 끝 부분부터 점점 수분을 말려버렸다. 신은 물의 가치를 끌어올리겠다는 듯이 한 방울의 비도 내려주지 않았다. 이 주사는 산 위에서 미련해보일 정도

---

2) 식민지 시대 담배 이름.

로 성대하게 기우제를 지냈다.

"자연이 나쁜 거야."

이 주사는 설교하듯이 말했다. 자연이 나쁜 것이라는 말에 농민들은 불평도 할 상대도 없이 자포자기를 할 수밖에 없었다.

많은 자들은 옆 마을의 종묘장으로 일하러 나갔다. 남자 어른은 하루에 15전에서 20전, 여자는 15전, 아이는 10전이었다. 아침 6시부터 저녁 7시가 지날 때까지 약 12시간을 타들어 갈 듯이 쬐는 햇볕 아래에서 잡초를 뽑으며 있지 않으면 안 되었다. 최 서방도 그중 한 명이었다. 일이 끝나고 돌아오면 다리미를 댄 듯이 머리가 뜨거웠다. 어깨와 허리가 녹슨 기계처럼 삐걱거렸다. 눈이 침침해 보였다. 그는 종종 내게 그렇게 말했다.

"병이 난 것 같지만 돈이 드니 약은 먹을 수 없어."

그러한 사람이라도 비웃을 수 없을 때가 있다. 그들이 바로 그런 경우다.

"별은 남을 정도로 많은데 말이지."

누워 있는 사람 중 한 명이 드디어 입을 열었다. 그 돌연한 맥빠진 탄식이 모두의 마음을 울렸다.

"사람이 살 만한 곳도 있을 거야."

이렇게 말한 것은 '박사'라는 별명을 가진 자로, 언제였는지 지구가 결국 태양과 충돌할 것이라고 소문이 퍼지자 이를 읍내로부터 듣고 와서 전하여 마을 전체를 걱정에 빠트린 한 남자였다.

하지만 그것이 거짓말이라는 것을 알게 된 후, 마을 남자들이 말하는 '박사'라는 단어에는 무언가 경멸스러운 어조가 있었다. 그 일을 기하여 그는 어떤 기회가 있을 때마다 명예회복을 꾀했다.

"같은 인간일까?"

라며 나무껍질로 새끼줄을 꼬던 남자가 손을 멈추고 고개를 들었다.

"배가 엄청 불룩할 거야. 어쨌든 밥만 먹고 살아갈 거야."

"밥만 먹고 산다니."

손을 멈췄던 남자가 다시 바삭바삭 소리를 내며 새끼줄을 꼬기 시작했다. 한 명이 서서 나뭇가지나 풀을 모아오더니 모기를 쫓는 불을 피웠다. 피어오르는 연기가 빛을 받아 하얗게 부상하는 것처럼 보였다.

이만석(李萬石)이 나타났다. 모기 쫓는 불을 옆에서 대충 둘러보더니,

"이 주사가 첩이랑 또 싸우고 있어."

그러더니 서있는 나를 흘끔 쳐다보았다. 그는 언제부터인지 내가 왕래하게 된 이후부터 '하이칼라 똥칼라 자식'이라고 험담을 늘어놓고 있었다. 자기가 가난한 이유는 부모가 '만석'이라는 이름을 지어줬기 때문이라고 말하고 다니는 남자였다.

"박사, 만주전쟁은?"

어떤 이가 '싸움'이라는 단어에서 생각난 듯이 말했다.

"아직 싸우고 있어. 압록강을 넘어왔다고 해서 한참 소동이 났지."

"넘었다고?"

"응, 넘어왔다고. 무엇보다 무서울 정도로 사람이 많이 죽었다던데."

최 서방의 무뚝뚝한 목소리가 끼어들었다.

"인간이란 언젠가 모두 죽는 거지. 두 사람 세 사람 정도쯤이야 죽어도 세상이 어떻게 되는 게 아니니까."

"그렇다고 해도 말이지."

담배를 태우고 있던 남자가 대꾸를 하며 동의했다. 모두가 떠들썩하게 말하기 시작했다. 한 동안은 그런 대화가 계속됐다.

그때, 침묵 뒤에서 누군가가 큰 소리로 외쳤다.

"뭐라고? 모두 죽는다고?"

모두 입을 다물고 그 쪽을 보았다. 한 중년의 남자가 술에 취한 듯이 다리를 비틀거리며 나무 뒤에서 나타났다.

"죽는다고?"

라고, 그는 나무 기둥에 허리를 기대고 재차 말했다.

"모두들 나와 같은 처지가 되려면 아직 멀었어. 그야 그렇지. 좋은 팔자이지 않아? 어어, 좋은 팔자다."

하고 손을 들어 눈앞을 휘젓는 시늉을 했다. 그리고 순간 말문을 닫았다가,

"하지만 나는 양반이다. 양반 집안이다. 그렇지? 이봐, 양반은 죽어도 양반이니까. 그래! 대단하지!"

그는 크게 외치며 머리를 고꾸라뜨리고 다시 입을 열었다.

"쳇."

하고 이만석이 혀를 찼다.

"내일 재산을 차압당할 주제에. 양반이 들으면 어처구니가 없겠다."

술에 취한 남자는 돌연 허리를 펴고 묵묵히 위태위태한 걸음걸이로 마을 쪽을 향했다. 뒤에 남은 사람들은 혐오스러운 것을 목격했다는 듯이 불쾌한 기색을 보였다.

벌레 울음소리가 사방에서 쏟아졌다. 어디선가 지독한 소똥 냄새가 밀려오기 시작했다. 누군가 꺼져가는 모깃불에 풀을 덮어 껐다.

"금 만 냥(マンヤン)이라도 어디 떨어져 있지 않을까나."

이만석은 밤에 모두와 함께 있을 때에는 반드시 꺼내볼 법 한 말을 입에 올렸다.

"만 냥?"

하고 새끼줄을 꼬던 남자가 중얼거렸다. 그리고 목을 두리번거리며 또다시 나무껍질을 만지작거렸다. 이만석이 돌연 말했다.

"아, 오늘 같은 날엔 깽매기(キャンマギ)3)(조선의 악기)라도 쳐보는게 어떨까. 구장(區長)이 해도 괜찮다고 한 적이 있었는데."

"그거라도 할까."

누군가 허리를 들며 중얼거렸다. 최 서방은 벌떡 일어나 조용히 마을 쪽으로 달리기 시작했다. 이만석은 최 서방의 뒤를 으며,

"그것만 한 게 없지."

하고 말했다.

나도 둘의 뒤를 따라갔다. 뒤에 있던 자들도 하나 둘씩 일어섰다.

마을 서쪽 밖에 20평 정도의 공터가 있었다. 예전에는 활터(弓場)였지만 지금은 봄가을 수확기에 이 주사의 탈곡 장소로 쓰였다. 다른 때는 이 주사 창고에 곡물 등을 말리는 곳으로 쓰였다.

내가 도착했을 때에는 그곳에 벌써 대여섯 명의 남자가 손에 징, 깽매기, 북, 장구 등을 들고 모여 있었다. 하나같이 모두 낡고 상한 것들이었다. 어떤 이는 벌써부터 깽매기를 두드리곤 했다. 이만석은 갑자기 한 남자로부터 장구를 낚아채어 치기 시작했다. 다른 자들도 그 장단에 맞춰 따라 치기 시작했다.

예스러운, 시끄럽지만 애절함을 담은 울림이 굼뜬 달빛에 떠들썩하게 젖어들었다. 나는 손발을 놀리며 골몰하게 악기를 두드리는 그들을 씁쓸한 기분으로 바라보았다.

---

3) 꽹과리의 옛 이명. 본문에서는 깽매기와 음이 비슷한 깡마기(キャンマギ)로 음차 표기되었다.

지금까지 묵묵히 방관하던 최 서방이 춤추는 사람들 사이로 파고들었다. 다른 사람의 손에서 징을 낚아채어 크게 꽝, 하고 쳤다. 모두 순간 손을 멈추었다. 하지만 다시 전보다도 훨씬 격렬한 소리가 모두의 손에서부터 울려 퍼졌다.

장구를 치던 남자는 그것을 머리 위로 흔들며 덩실거렸다. 어떤 남자는 노파의 배같이 생긴 북을 원한이라도 풀 듯 때리면서 양 다리를 들썩거렸다. 깽매기를 울리며 머리를 까딱이면서 장단을 맞추는 자, 장구 치는 손을 익살맞게 휘젓는 남자 — 막춤(亂舞)이다. 모든 것을 징과 깽매기 안에 때려 넣고 그들은 거센 물살처럼 춤을 춘다.

'잊자.'

이는 현명한 이 주사나 구장이 농민에게 베푼 선정 중 하나이다. 아무리 일을 해도 먹지 못하는 소작인인 그들 — 내일을 보증받지 못한 그들 — 그들에게는 '잊자'라는 행위가 매우 중요한 일이었다. 생활고를, 피로를 잊어버릴 수 있다면, 그들은 좋았다. 특히 그들이 '왜?'라고 하는 의문을 '잊게' 하는 것은.

최 서방은 미친 듯이 춤을 이어갔다. 완전히 '잊어버리고' 있었다. 하지만 안타깝게도 이때 그는 무아의 경지로부터 현실로 끌려와버리고 말았다. — 한 자루의 지팡이가 그의 머리를, 징을 때리는 것보다 더 세 개 때렸기 때문이다. 이윽고,

"뭘 하고 있는 거야! 이 장구벌레 같은 자식아!"

하고 굵은 목소리가 터져 나왔다. 깜짝 놀라 뒤를 돌아본 그들은, 거기에서 밤에 보아도 붉어 보이는 이 주사의 얼굴을 볼 수 있었다. 그들은 가슴이 철렁했다.

"누구의, 누구 허락을 받고, 흠!"

이 주사의 지팡이를 쥔 손이 덜덜 떨렸다. 모두는 주뼛주뼛 한 얼굴로 서로를 쳐다보았다.

"이 오밤중에, 흠? 수면 방해라는 것도 모르느냐! 누가 허락한 게야!"

첩과 말싸움을 벌였던 여파가 그들에게로 불똥이 튄 모양이다. 그는 농민들이 '잊어버리기' 위해 쓰던 수단임을 '잊어버리고' 있었다.

―아니, '내가 불쾌한 기분으로 있는데 이 모자란 녀석들이 떠들어대고 있다니, 이런 경우가 어디 있는가.'

그는 신경질을 다스리는 법을 몰랐던 것이다.

이만석은 잠깐 우물거리다가 떨리는 목소리로,

"구장님이……. 아까."

"뭐라고? 구장? (그는 입술을 일그러뜨리며) 구장이 허락했다고 해도, 나는 아무것도 못 들었다고! 나에게 한 마디라도 상의한 적이 있는가! 구장의 말이라면 뭐라도 따를 생각이야? 나는…… 나는……."

그는 이 시원한 밤에 머리에서 김을 내뿜었다. 그의 가슴을 또

다른 분노가 어지럽혔다. 구장이 뭐라고! 나는 이 마을의 지주가 아닌가. 그런데 이 자식들은 나에게는 아무 상의도 안 하고서 ─. 모두가 그보다 구장을 더 존경하는 것처럼 보이는 이 태도가 그의 가슴에 불을 지폈다. 이것은 듣고 넘길 수 없는 말이었다.

"하지만, 구장은 마을의……"

최 서방이 말을 더듬으며 말했다.

"뭐라고? 이 자식이 건방지게!"

그는 다시 지팡이로 최 서방의 어깨를 때렸다. 하지만 그에게 그럴만한 정당한 이유는 없었다.

"너희 같은 녀석들이 그렇게 팔자 좋게 놀 만한 형편인가. 밤새도록 일해도 끼니조차 때우지 못할 녀석들이! 좋아. 그렇게 하고 싶다면 맘대로 해라!"

그는 이렇게 부르짖고는 몹시 흥분한 듯 지팡이를 난폭하게 짚으며 발걸음을 돌렸다.

'농민의 위안'이라는 문제를 불거지게 한 채로.

달빛만이 남겨진 자들의 등을 쓰다듬고 있었다.

(완)
이 내용은 모두 사실이다. 사실처럼 보이지 않는다면
필자의 문장력에 죄가 있을 뿐이다.

─ 京城帝國大學豫科學友會, 『淸凉』第14號, 朝鮮印刷株式會社, 1932.

혼마치 거리本町通り

●

오노 히사시게(小野久繁)

1. 소서(小序)

　제군들은 위 제목을 언뜻 보고 이미 어떤 저서명을 연상했을 것이다. 희한하게도 이러한 제재는 또한 이 글의 목적과도 부합하고 있다. 아메리카의 작가 싱클레어 루이스(Sinclair Lewis)는 1930년의 최대 걸작으로 평가받는 이 작품1)을 발표하여 세계적인 명성을 자랑하는 노벨문학상을 수상하였다. 그는 이 작품을 통해 시종 사회악의 면피를 벗기고, 자본주의사회조직에 대한(사회민주주의적인 면이 있긴 하지만) 공격을 형상화해냈는데, 내가 이 이름을 빌려 표현한 이유는 경성(京城)의 대동맥이라고도 불리는 '혼마치 거

---

1) 싱클레어 루이스의 대표작 「메인 스트리트(Main Street)」는 일본에서 「혼마치 거리(本町通り)」로 번역되어 나왔다.

리(本町通り)'2)가 1932년의 현실을 얼마나 반영하고 있는지를 여실히 묘사하기 위해서이다. 이러한 점에 있어 섬세한 메스와 같은 작업이 이루어지지 않는다면 아무리 페이지 수를 늘린다한들 이 작품의 가치가 제로에 수렴할 것은 불 보듯 뻔하다.

본고를 쓰게 된 동기는 물론 보고문학(報告文學) 모집 규정에 사소하나마 상금이 걸려있다는 것에 있었다. 이렇게 말한다면 본인이 대단히 치졸한 성격의 소유자라 생각하게 될 터이니 달리 진솔한 동기를 들어보자면, 간단히 말해 '경성에 주재하며 혼마치 거리 산책을 일과로 하는 자가 혼마치 인식에 대한 이야기판에 빠져서야' 하는 마음에서였다.

시마자키 도손(島崎藤村)의 작품「동트기 전(夜明け前)」이 기소(木曾) 가도의 작은 역참(宿驛)인 '바류(馬龍)'의 창문에서 보이는 세상에 한시도 눈을 떼지 않았던 역장 아오야마 한조(靑山半藏)를 관찰자로 두고 시대의 움직임을 정밀하게 포착한 수법을 사용했던 것과 마찬가지로, 역시 일개 혼마치 거리의 한량인 나의 인식을 통해 시대의 움직임을 모사해보기 위해 같은 수법을 취했다. 평소 이러한 글을 쓸 생각이 없었던 것은 아니지만, 여하튼 갑작스럽게 쓴 글이라 좀 '적당히 지어낸' 감이 없지 않으니 모쪼록 부족한 부분에 있어서는 제군들의 양해를 구한다.

---

2) 서울특별시 충무로의 식민기지 명칭.

2. 이현(泥峴)[3]

　'혼마치 거리'는 분명 경성의 긴자(銀座)이자 오아시스이다. 17~
8척 정도의 협소한 거리이긴 하지만 내지인 상점이 즐비하며 이
조시대에는 이 부근을 이현(泥峴)이라 칭했다고 한다. 이현이란 내
가 아는 바를 미루어 생각해보면 진흙투성이의 언덕길이라는 의
미를 가리킨다. 한 유명한 시인의 문장에도,

　　　구불구불하게 늘어선 혼마치 거리의
　　　진펄이 말라 평평해지면
　　　겨울나기 중인 까치의 메마른 울음소리가
　　　거리의 잡음과 뒤섞여 들리지 않게 되네

라는 묘사가 있어 당시의 혼마치를 연상시키게 해 준다. 나도 유
년 시절을 돌이켜보면 비슷한 기억이 나는 것 같기도 하다. 2정
목(二丁目) 부근이 특히 심한 언덕길이었다.

　옛 유학자인 홍양호(洪良浩), 호는 이계(耳溪)라고 하는 자가 이현

---

3) 서울 '진고개'의 옛 이름. 현재 서울특별시 중구 충무로 2가 주변으로 중국대사
관 뒤편에서 세종호텔 뒷길에 이르는 고개로서, 높지 않은 고개였지만 흙이 몹시
질어서 비만 왔다 하면 사람의 왕래가 끊어질 정도로 통행이 불편하였기 때문에
'진고개'라 하고 한자명으로 '이현(泥峴)'이라고 하였다.

근처에 서제(書齊)를 세우며 이곳을 이와(泥窩)라고 이름 붙일 적에
지은 시문 한 구절에 이러한 단락이 있다.

　　남산 아래 이애(泥厓)라는 곳이 있어, 지형이 낮고 좁아서 물
이 고이면 흔히 진흙탕이 되어, 가을에 습하고 물은 탁해져 왕
래하는 자들이 이를 싫어했고, 때문에 이곳을 일컬어 '진창을
닮았다(泥以)'고 하였다. 내 이곳을 얻어 집을 짓고, 삼가 명하여
이와(泥窩)라고 부르게 하였다. 한 손님이 말하기를 '진창(泥)은
비오(卑汚)하고 천한 이름이며 사람이 왕래하며 짓밟고 다니는
것인데 자네는 어찌하여 이러한 이름을 붙이는가' 하고 묻자,
내가 이에 답해 말하기를, 자네 어이하여 진창의 덕을 모르는
가. 진창은 토양과 물이 섞여 이루어진 것으로 만물 또한 물에
서 생겨나 진창에서 자라난다.
　　(중략)
　　진창의 공을 뒤돌아보니 가볍게 볼만한 것이 아니다.
　　(하략)

이 고사는 지금으로부터 170년 전의 일이다.

오늘날의 조선은행 광장(鮮銀廣場)을 보면 알 수 있듯, 반드르르하
게 빛나는 아스팔트 노면 위에 사람들이 1932년의 힘찬 발소리를
리드미컬하게 울리며 산책을 즐기고 있다. 과거를 회고하자 '도-
옹' 하고 시간의 흐름이란 이렇듯, 현실을 얼마나 진보시키고 있는
지를 깨닫게 한다.

3. 복장—주로 여성의 그것에 대하여

쇼윈도에서 1932년의 아라모드4)를 풍기는 수영복이 혼마치의 한량을 불러 세운다. 미나카이(三中井), 쓰카다니(塚谷), 히라타(平田) 등등.5) 매우 대담한 색채로 백색과 흑색, 백색과 적색의 배합에 상하 이단으로 염색되어 있는 이 옷은 이 시대가 낳은 근대적 이지의 번뜩임을 기하학적인 직선으로 현란하게 표현하고 있었다. 백화점조차 불황에 시달리는 요즘, 이미 오사카의 시로키야(白木屋)는 폐점에까지 이르지 않았는가. 소매상이 점점 문을 닫는 것도 당연한 일이다. 소비자의 지갑에서 어떻게 게르(ゲル)6)를 토하게 하는가에 대한 공부가 여러 가지로 궁리되고 있다. 수영복의 색채 또한 그러하다. 화려한 색채를 무기로 사람의 마음을 쉽게 쥐락펴락하며 구매욕이 동하게 만든다. 나는 단지 옷에 대해서만 이렇다고 논할 생각은 없다.

축음기의 나팔에서 흘러나오는 요란한 재즈. 그것은 현대인의 생활양식에 딱 맞는 요소에 다름없다. 진한 애상의 그림자와 원

---

4) 프랑스어로 최신 유행을 가리킴.
5) 경성에 있었던 쇼핑몰을 열거하는 듯하다. 당시 경성에서는 미쓰코시(三越), 와신(和信), 죠지야(丁子屋), 미나카이(三中井), 히라타(平田) 백화점을 통틀어 5대 백화점이라고 불렀다.
6) 당시 학생들이 사용하던 '화폐'의 속어. 독일어로 겔트(Geld).

시적인 생명의 부르짖음, 철저하게 쾌활한 난치병 같다. 비단 복
장이나 음악만이 불경기를 반영한다고 하기는 아직도 부족하다.

신문, 잡지 위에 실린 현상공모가 증가한 것도 마찬가지다. 모
두 한결같이 기아(飢餓)의 전선을 방황하는 룸펜7)의 현상을 반영
하는 것이라 말하고 싶다. 라이온 치약의 현상공모 '자기 전의 삼
분 간'에는 감상이든 수필이든 고서적에서의 발췌든 상관없이 투
고가 쏟아진다.

적옥(赤玉)의 포르투갈 와인 라벨 2장에 사람들은 금고 하나를
통째로 들어낸다. 이는 기타 등등 예를 들 수 있는 것들이 셀 수
없을 정도로 많아 이를 채우기엔 여백이 모자랄 지경이다. 이렇
듯 대중은 유료 낚시터의 금붕어처럼 쉽게 낚이고 만다. 모두 광
고 전술의 공이라 할 수 있다.

자, 이제 여성의 여름옷에 대해 품고 있는 생각을 적어보려 한
다. 사계절 중 여름과 가을만큼 여성을 아름답게 만드는 때가 없
다. 그중에서도 여름은 작열하는 태양이 애써 가라앉지 않으려
힘쓰는 일몰 즈음엔 여인이 가진 모든 아름다움이 끝까지 발휘되
는 것이 아닐까 하고 불현듯 생각하게 될 정도이다. 여름옷에 대
해서는 일반적으로 신사복, 아카시지지미,8) 마옷 등을 들 수 있
다. 또한 피부에 닿는 속옷 중에 연분홍이 비쳐 보이는 것은 매

---

7) 실업자.
8) 오글쪼글한 여자용 비단 여름 옷감.

혹적인 느낌을 불러일으킨다. 그건 그렇다 치더라도 최근 일본식 복장(和服)은 유행하지 않게 되고 특히 양복이 유행하게 된 것은 어째서일까.

우리 어머니만 해도 여름 원피스를 자주 입고 다닌다. 동작이 경쾌해지고 시원해서라고 한다. 이리 말하며 앞으로의 의류계에서 양복은 전성기를 누려도, 일본식 복장은 점점 시대의 유행에 뒤처지게 되어 결국 없어지는 것이 아닐까, 하는 예언 같은 말을 늘어놓았다. 전통적인 일본문화에 애착을 가진 자들도 경제적 혹은 건강상의 이유로 취미로서는 간직하더라도, 결국 생각을 바꾸어 현대에 맞춰 살 수밖에 없는 시대가 올지도 모른다.

영국의 위생조사원도 다음과 같이 의견을 내놓았다. 남자는 완력에 있어 여성보다 낫다고 할 수 있으나 건강상태나 저항력에 있어서는 여성 쪽이 훨씬 높다. 그 이유는 무엇인가. 남자의 옷 안 온도를 재보면 화씨 87~88도 정도 되는 것에 비해 여성의 옷 안쪽은 86도. 남자 옷의 비교습도는 70퍼센트인데, 여성 옷은 겨우 55퍼센트이다. 이상의 통계를 미루어 보면 남자는 상당히 중량감이 있는 데 반해 스스로 만들어낸 열기도 높아 신체를 약하게 만듦을 알 수 있다.

게다가 이번 경성 시내의 여름은 얼마나 습도가 높았던가. 8월 3일 경성 기상관측소의 수은주 계측을 보면 혼마치 2, 3정목 거리는 36.8도(오후 2시 36분). 다이쇼 3년(1914년)에 이어 혹서의 최고

기록에 접근하였다고 한다. 또한 경성부의 수도 사용량은 지난 7
월 15일에 110만 세제곱피트에 이르는 경이적인 양을 기록하였
다. 이를 하루 만에 돌파해 115만 세제곱피트로 올해 최고 기록
을 경신하였으며, 얼음의 가치는 한층 더 상승했다.

전술한 조사원의 말과 경성의 기온을 대조하여 생각해보는 것
만으로도, 여성 옷이 서양화되는 현상은 바람직하다 할 수 있다.
그렇지만 여성의 허영은 결코 경제적인 서양복에 수렴하지 않는
다. 이는 바로 고가의 부속품으로써 나타난다. 저녁 식사시간 후
의 이 거리를 산보하는 내 눈동자에 얼마나 형형색색의 여자들이
산책을 하고 있는 것인지. 이는 마치 해안의 피서지에서, 서로의
수영복 모습을 경쟁하듯 자랑하는 것을 떠올리게 한다. 이브닝드
레스를 두른 채로 하이힐을 신고 거니는 여자가 있는가 하면, 싱
싱한 머릿결을 싹둑 잘라낸 단발의 여성이 그것도 기모노를 입고
성큼성큼 걸어 다닌다. 왕래하는 사람들의 묘하게 번뜩이는 시선
들을 하나로 모으면서.

혼마치 거리는 이상할 정도로 1932년의 첨단의상을 입은 마네
킹 같은 여성들의 활보를 허락한 화랑과도 같다. 나는 이러한 의
상들 때문에 자칫하면 남성의 본능으로 인해 그녀들에게 유혹당
할 위험을 금할 수 없을 것 같다. 하지만 나도 교양 있는 남자다.
차라리 여성의 요염함을 몰래 엿보는 남성을 배격하고, 그들의
옆얼굴에 어퍼컷을 먹여주고 싶다.

대매(大每)9)의 1면은 내가 볼 때 가장 먼저 궁핍한 농촌의 목소리를 전하고 있었다. 병아리가 노란색이든 빨간색이든 상관없이 한 봉지에 얼마에 팔려 아이들의 장난감이 되고 있다고. 나는 불황인 세상에 여성의 사치는 쓸모없다고 주장한다. 먼저 니이 이타루(新居格)10) 씨의 의견을 들어보도록 하자.

"궁벽한 농촌의 실상이나 이에 뒤지지 않을 만큼 어려운 도회에서의 생활고를 보면, 나와 같은 문사들조차 '에로'라든지 '넌센스'라든지 더욱이 유한마담(有閑婦人)의 연애 따위를 적어 내려가고 있을 수 없다고 느낀다.

(중략)

차림새를 치장하여 상대방에게 유쾌한 기분을 느끼도록 하려는 마음가짐 같은 것은 분명 사회의례의 한 가지이다. 하지만 사람들이 궁박해지고 굶어감에 따라 의례가 지지받지 못하게 되었을 때, 예를 들어 긴자의 포장도로 위를 거니는 사람들 대부분이 털럭거리는 구두나 구멍 뚫린 옷을 입을 수밖에 없는 상황에 이르렀다면, 그건 확실하게 유행을 따라가는 옷차림을 예의라고 생각하는 사고방식 자체가 오히려 의례에 어긋난다고 말할 수 있으리라.

(중략)

---

9) 오사카 마이니치신문(大阪每日新聞)의 약칭.
10) 다이쇼, 쇼와기의 평론가이자 번역가. 도쿄제국대학을 졸업한 후, 요미우리신문, 아사히신문 기자 생활을 거쳐 문필가로 활동했다.

이를 한 마디로 표현하면, 봉건제적 의례, 부르주아적 유한
(有閑) 의례, 이와 같은 윤택한 것들을 일절 금하여 오늘의 시세
에 따라 자연히 더욱 어울릴만한 것으로 의례의 평가 기준을
낮춰야 할 것이다."

(요미우리신문 부인평론의 한 구절)

4. 백화점과 소매상과의 대립

소매상과 백화점의 대립은 그리 멀지 않은 지난 1931년, 불경
기가 심각해지면서 백화점의 진출이 한 층 두드러지게 된 후, 특
히 백화점들이 균일가를 제시하면서 점점 더 경쟁 과열을 촉진시
켰다. 혼마치에서도 문을 닫은 상점들이 몇 곳이나 있다. 당시 나
는 비교적 풍족한 생활환경을 누리고 있었음에도 불구하고 백화
점을 유한마담이 소비를 즐기는 놀이터로 생각하여 죄악시했다.
도쿄에서는 이미 긴자의 소매상들이 격벽을 부수고 아주 긴 일대
상점가를 만들려고 계획 중이어서, 그 여파가 전국에 퍼져 혼마
치에도 소매상들이 일제히 들고 일어나 일대 연합의 염가판매소
를 설치했다. 표면적인 경쟁은 없었지만 우리 집 근처에는 벌써
염가판매소가 설치되어 많은 손님들을 끌어들이고 있었다.

이러한 현상이 눈에 띠는 동안, 제국 일본의 방방곡곡에 서려 있는 불황은 극단으로 치달았고, 지금까지 가장으로서 우리 집을 이끌던 아버지의 얼굴에는 주름수가 더 늘었다. 오늘날에 이르기까지 어느 정도 회복되었다곤 하나 8월 9일 오사카마이니치신문의 사설에 실린 내무성의 발표에 의하면, 전국 실업자의 추정수가 48만여 명에 달하게 되었다고 한다. 평소에도 시국의 어려움과 희생심을 주창하던 그 사설은 부의 편중을 막기 위해 부유계층의 희생심을 강조하고 있다. 백화점과 소매상의 대립에 대하여, 이러한 요약만으로는 제군들이 부족하다고 생각할지도 모르니, 사설의 발췌를 통해 보충하고자 한다. 이하 발췌한 사설은 경성일보 지면에 게재된 것으로 <백화점문제·소매상의 자위적 대책을 촉구함>이라는 제목이다. 먼저 지난번에 게재된 전 국민의 여론을 대변한 농촌구제의 목소리에 호응하여 중소상업구제의 목소리도 각지에서 울려 퍼지고 있다는 사실을 모두(冒頭)로 하였다.

"특히 중소상업구제에 관하여, 최대의 위협이 되는 백화점 혹은 소비자조합의 억제를 요구하여 세목을 끌고 있다. 위에 관하여 최근 일본 상공회의소는 중소상공구제건의안을 제정하여 그 일부를 본부당국에도 제출하였다고 하는데, 요청한 내용을 살펴보면 금융시설의 선처와 관청구매조합, 대도시백화점의 중소상에 대한 압박과 그에 대한 억제라는 두 가지 제안으로 귀착된 모양이다. 다른 게 아니라 최근 도시에 설립된 백화점의 흥성은 눈부실 정도이며, 특히 도쿄에 대해 말하자면 겨우 6~7개의 백화점이 소매 총금액의 삼분지일을 점하여, 남은 삼분지이를 십만이 넘는 소매상들이 나눠가지고 있는 추세이다.

여론에 밀려 <내지(內地)>11)상공성은 백화점법 제정을 기획하는 중이라고 하는데, 백화점 측은 이에 기선제압을 위하여 자제협정안을 제안하였다. 그리고 그 안(案)의 내용은, 상품권 공탁문제와 미끼정책에 의한 염가판매 금지의 조항을 제외한 자제합의는 말하자면 소매업자들의 운동과는 무관계하며, 백화점 스스로 자위책으로서 성급히 실현해야 하는 성질의 것이라 주장하고 있다. 한편 조선에 대해 말하자면 본부당국이 당초부터 백화점 혹은 구매조합에 대해 간섭하는 태도를 회피하고 있다. 이리하여 소매상과 백화점의 대립은 결국 자위적이 되지 않으면 안 된다. 원래 소매상업은, 상품을 생산자로부터 행랑채, 도매상, 나아가 소매상을 거쳐 마지막으로 소비자에게 돌아가는 극히 복잡한 유통과정을 가지고 있으며, 현대의 대량생산시대에는 가장 부적합하고 합리화할 수 없는 최후의 형태이기도 하다.

(중략)

이 의미에 대해서 몰락 과정에 있는 소매상이 먼저 자기개

---

11) 일본 본토를 뜻함.

선이나 시대에 적응하려는 노력 없이, 극히 합리적 유통과정을 거친 백화점 내지 소비조합의 흥성과 발전을 억제하려고 하는 일련의 기획은, 자가당착과 같은 용서할 수 없는 광란이며, 엎질러진 물을 담으려고 하는 짓에 다름없다. 때문에 소매상의 백화점 대책은 시대에 순응하며 자기개선을 이루는 것 이외에는 방도가 없는 것으로 보이며, 그 구체적인 방법으로는 개인적인 개선과 상호연계협동을 필요로 한다.

즉 재래소매상이 구습적인 정세에 파묻혀 사적인 경제와 공적인 경제를 혼동하는 것이나, 상품회전률, 영업경비 및 구매 등에 대한 무관심 같은 폐해를 하루 빨리 해소할 수 있다면, 또한 동시에 시세에 순응할 수 있는 전문적인 소매업 형태로 개선하고 한편으로는 마을 내 조직, 지붕이 있는 쇼핑 전문점의 형성, 소매상연합의 구매조합, 부정경쟁의 회피책 등, 소매상 간의 연합을 실현화하는 것과 동시에 백화점이 가지고 있는 몇 가지 결함을 파악하여 그 대안을 궁구한다면 충분히 백화점에 대항할만한 존재가 될 수 있다. 중소상업 구제를 성토하는 요즘을 기하여 소매업자가 스스로를 자각하고 자기개선을 통해 자력적인 갱생을 이루기를, 우리들은 매우 바라마지 않는다."

5. 10전 균일의 유행, 기타

얼음물 한 잔에 5전이라니 나는 놀라움을 금치 못했다. 10센트 홀[12)은 사회심리의 동향을 포착하면서 등장했다. 혼마치 5정목이 누렸던 천 일 전의 번영을 보라. 글자들을 밝히는 전등, 재즈나 채취, 기타 여러 가지의 음악과 목소리가 섞인 칵테일 같다. 거의 대부분의 경찰 조례를 초월하며 새벽 3시까지 뚱땅뚱땅거리는 소란이 벌어지니 근처의 이웃들, 특히 병원 등은 이전을 피할 수 없는 형편이다.

일요일에 군인들이 노렌(暖簾)[13)을 젖히고 밖으로 나서려고 하면 화장으로 얼굴이 새하얀 여급들이 소매를 끄니, 어쩔 수 없이 다시 한 잔, 두 잔. 절로 웃음이 나온다. 이 주변은 군인들의 둘도 없는 환락가이다. 군인들은 비틀거리는 발걸음으로,

"나는 제국 권익의 옹호를 위해 단연 싸우지 않으면 안 된다. 드디어 우리 군인들이 나설 차례다."

하고 술에 취해 허튼소리를 뇌까린다. 이런 생각을 하고 있으려니 밤이 깊어 지나다니는 사람이 줄어들 무렵이 되었다. 욕의를 걸친 샐러리맨 풍의 남자가 사람 눈을 피하듯이, '어서 와요' 하

---

12) 원문에는 텐센스 홀(テンセンス・ホール)라고 표기되어 있다.
13) 일본 전통 상점 문 앞에 친 막.

는 교성에 안겨서는 어디론가 들어간다.

　미쓰코시 백화점에서 뭐든지 10전에 파는 진열대가 열렸다. 화장품 중에 꽤 괜찮아 보이는 것이 있는데, 아마도 여성들의 인기를 한 눈에 받을 듯하다. 책방은 서서 읽는 사람들로 홍수가 났다. 게다가 사는 사람은 별로 없는 모양새. 부인들이 서서 책을 읽고 있는 모습은 매우 드물다. 셋집을 찾으며 걸으니 혼마치 2정목에 2채, 3정목에 4채, 4정목에 5채가 눈에 띠었다. 셋집 앞에 서 있는 팻말을 보니 집이 개인 소유에서 공인(公人)으로 옮겨간 것으로 보인다. 이것도 시대의 변화에 따른 것인가.

6. 결론

　제군. 혼마치의 눈부신 발전은 경탄을 금할 수 없다. 미쓰코시 백화점에서는 8월 7일, 경성의 금석(今昔) 전람회를 개최하였다. 그중에서 혼마치의 옛날과 오늘날을 대조한 사진은 특히 감개무량하다. 이상 멋대로 원고를 늘리다보니 세밀한 관찰이 구현되지 못했던 점은 필자가 지식이 얇고 재능이 없어서이다. 글을 탈고하는 오늘은 마침 올림픽에서 수영대회가 막을 내림과 동시에 이 대회가 드디어 종료된 날이기도 하다. 일본이 수영 종목에서 세계 으뜸가는 성적을 거둔 것은, 우리 일본의 장래에 관심을 가진 자들에게 있어 대단히 전도유망하고 희망찬 소식이라 생각한다. 우리들은 이에 뒤떨어져서는 안 된다. 한 층 더 교양의 향상을 목표로 하고 전진해야 할 따름이다.

(1932년 8월 14일)

― 京城帝國大學豫科學友會,『淸凉』第14號, 朝鮮印刷株式會社, 1932.

장충단 풍경
獎忠壇風景

●

잇시키 다케시(一色豪)

나는 장충단공원의 연못 근처에 있는 그루터기에 허리를 기댔다. 그곳은 아직 밤이슬에 흠뻑 젖어 있었다.

　물가의 개펄은 잠자리를 잡는 아이들의 작은 발자국들로 가득 차 있었다. 연못물은 계속되는 염천(炎天) 탓에 매우 줄어들어 웅덩이처럼 고여 있었고, 그 위에 찢겨진 왕잠자리의 사체가 둥둥 떠 있었다. 그것은 오늘도 또 불타오를 것 같은 햇볕을 예견하던, 1932년 8월 10일 새벽녘의 일이었다.

　그 근처에는 이십 명 정도의 조선인 인부가 모여 십장(什長)을 가운데에 두고 와자지껄하게 떠들고 있었다.

　"품삯을 정해 주쇼."

　"그렇지 않으면 일을 못 하겠소."

　인부 중에 말 좀 하는 사람들이 얘기를 꺼냈다.

　십장은 말상의 키가 큰 사람으로, 마코1)를 반으로 잘라 맛있게

피우고 있었다.

지금껏 아까운 듯이 뿜어내는 연기가 인부들의 코를 자극하기에 인부들은, 나도 딱 한 모금이라도 좋으니까 피우고 싶다고 말하는 표정을 지으며 스스로 애간장을 녹였다.

"아무리 그래도 어쨌든 간에 얼른 일에 착수하자."

하고 처음에는 그렇게 서두르듯 말했지만, 결국 의지가 꺾였는지

"그러면 아직 시간도 이르니까 내가 조장 양반과 만나고 올게."

하는 말을 남기고 제방 위를 따라 걸어갔다.

벚나무의 그늘은 길게 땅에 떨어져 있었다.

                    *   *   *

아직 졸린 듯이 지게(チゲ)에 몸을 기대고 눈을 감고 있는 녀석.

나이를 매우 먹은 사람, 중년, 청년, 십사오 세 정도로 보이는 소년도 있다. 그중에는 연령이 짐작되지 않는 사람도 있었다. 소년 시절부터 노동을 하다보면 그대로 신체가 굳어버리는 것일지도 모른다.

한 사람이 하품을 하면 그것이 옆 녀석에게 전염되어 여기저기에서 하품을 해댄다.

한 사람이,

---

1) 당시의 담배 상호.

"군대다."

하고 입을 열었다.

터널 모양처럼 조성된 벚나무 길을 틈새로 보니 수많은 군화발이 자갈을 밟는 소리가 들린다. 점점 군화소리가 커져간다. 보조를 맞추며 그 소리는 점점 더 커졌다. 인부들은 강한 흥미를 느꼈지만 모두 한 장소에 모여서 군대 행렬이 가까워지길 기다렸다. 상당히 강행군을 했었던지 옷에도 군장에도 검게 얼룩이 묻어 있었다. 반쯤은 총을 왼쪽 어깨에 걸치고 있었다.

"다 죽어 가는구나."

"이 부대가 만주에서 중국인을 몇 만 명이나 죽인 모양이야."

"살인하는 일꾼(イリクン)인가."

"대체 임금은 얼마나 받을까."

거기서 다시 시끌벅적 해졌다.

여러 의논들이 나와서 결국 그것은 매월 7원이라는 결론으로 낙착되었다.

그것은 한 사람의 인부가 어울리지 않게 기른 황제수염의 물을 털며 모든 논쟁을 바른 길로 이끌겠다는 듯이 장담했기 때문이다.

다음으로 '부대원들은 아침밥은 먹는 걸까?'라고 질문을 던진 녀석이 있었다.

이 때문에 두 남자가 싸웠다.

그러자 긴 수건으로 머리를 동여맨 녀석이 옆에서 끼어들며,

"집어치워. 네까짓 것들이 못 먹고 산다고 해서 다른 녀석들까지 못 먹는다고 생각하지 말라고."

이라고 핀잔을 주듯이 참견하자 큰 웃음이 터졌다.

아까 전에 십장이 지게를 자루가 짧은 삽에 걸고 돌아와서는 그것을 내던졌다.

자루 근처에 오쿠라구미(大倉組)2) 상표가 찍혀 있었다.

모두 그것을 하나씩 잡아 쥐고 모래땅에서 이곳저곳으로 흩어졌다.

한번 왕복할 때마다 일전으로 합의를 본 모양이다.

그들이 흩어졌던 자리에 조선의 점쟁이들이 자리를 차렸다.

모자와 색이 바란 양산을 벚나무가지 위에 걸치고 멍석을 깔았다.

앞에 펼쳐둔 삽지(澁紙)에는 '육효단역 관상진리 남녀궁합 이사 길흉(六爻斷易觀相眞理男女宮合移舍吉兇)'이라는 한문이 정갈한 글씨로 적혀 있었다.

작은 붓에 작은 먹, 목판으로 인쇄된 초라한 역서가 놓여있는데, 그것도 찢어진 녀석이라 신문지를 크기에 맞춰 대고 두세 번 고무 밴드로 감싸 놓아두었다.

---

2) 식민지시절 일본토목회사 이름.

그 위로 시원할 것 같은 벗나무 그림자가 걷잡을 수 없이 늘어져 있었다.

내게 단 십전에 점을 봐주겠다고 하며 말을 걸어온다. 무엇을 보냐고 물으니, 점을 볼 것이라 생각했는지 낯빛을 환히 밝히고 작은 벼루를 꺼내기에, 그쪽으로 가려고 하자 잠깐 기다리라고 말했다. 그곳에 우두커니 서 있으려니 너의 얼굴을 보아하니 네 운명이 아주 잘 나타나 있구나 하고 말하기에, 그래, 그렇다면 그게 무슨 뜻인지 말해달라고 청하니, 좀 더 가까이 다가오지 않으면 확실하게 볼 수 없다고 말하면서, 멍석 옆을 대충 정리하고 여기에 앉으라고 말한다.

내가 '돈이 없소'라고 말하니 만사가 끝난 것 같은 표정을 지었다.

*　　　　*　　　　*

모래를 옮기는 지게 행렬이 계속된다.

모두 버드나무 가지에 종이를 감싸 입에 물고 있었다. 그들의 신체는 땀으로 전신이 목욕한 것처럼 젖었음에도 그것을 닦아 낼 장소가 없었다. 날인을 받으면 하나의 날인에 일전의 급여가 그날 일이 끝났을 때 지급된다. 햇볕에 탄 영양이 없어 보이는 까무잡잡한 피부, 힘줄이 불거진 손발을 이끌고 하얗게 태운 길이나 왕성하게 자란 여름풀에서 피어나는 열기 속을 맨발로 걸어갔다.

한명은 소금에 절어 있는 밀짚모자를 쓰고 있었다.

감독은 땅을 갈아엎은 장소에 조금이라도 낮은 곳이 있으면 날인을 해 주지 않았다.

모래나 모가 난 석괴로 이루어진 제방이 점점 쌓여갔고, 그 위로 트럭이 엄청난 중량을 싣고 달렸다.

그 위에 펼쳐진 번쩍번쩍 빛나는 푸른 하늘을 하얀 구름이 조용히 떠다니고 있다.

제방 위를 올려다보면 석단 아래가 보이고, 그 위에서 이토공(伊藤公)기념사원을 짓는 공사가 일을 서두르고 있었다.

나는 무너지는 모래에 여러 번 빠진 발을 건지며 제방 위로 올라가보니 이미 그 자리를 채우고 있는 조선의 옛 건축물을 옮겨둔 문이 보인다. 그것은 오색으로 치장되어 빛나고 있었다.

석단 위에서 게다 소리를 울리며 본 건축물 쪽으로 다가갔다.

그 근처에는 나무뿌리가 그저 생생한 풀냄새를 풍기고 있었다.

해는 벌써 높이 떠올랐다. 녀석은 나의 노동하지 않은 신체에서도 땀을 짜낼 모양이다.

석단을 다 올라간 곳에는 가건물인 오쿠라구미의 사무소가 있었다.

발파의 영향으로 여기저기 돌들이 흩뿌려졌는지 지붕 함석판에는 군데군데 돌이 고여 있었다.

오른편이 사무소이고 왼편은 숙소인 듯하다. 어두운 창 안쪽에는 커다란 경대가 있었고, 빨간 메린스3)로 감싼 거울을 손에 들고 젊은 여자가 머리를 빗고 있다.

그 아래를 광차 레일이 지나고 있었는데 마침 2인1조의 젊은 인부들이 나타나 광차를 밀며 창문 근처에 와서는 여자를 흘끔 보고 웃었다. 그러자 여자는 화가 난 듯이 창문으로부터 머리를 내밀곤,

"왜 웃는 거야. 뭐 이상한 거라도 봤어요? 바보, 바보 같은 요보(ㅋㅎ)4)."

하고 말하며 히스테릭하게 화를 내었다. 두 사람은 어안이 벙벙 해져서 멍하게 그저 바라만 보고 있으려니, 이번에는 여자 쪽이 먼저 웃음이 터져 버려서,

"웃으면 힘이 빠지잖아요, 바보들아."

하고 말하곤 다시금 의자에 바짝 앉아 머리를 빗었다.

두 사람은,

"어젯밤은 잠이 잘 안 오더라고."

하며 히쭉히쭉 웃으며 가건물 왼쪽을 돌아 사라져갔다.

방울 소리가 딸랑딸랑하고 뜨거운 공기 사이에 퍼지며 울렸다. 발파를 시작하려는 신호일까. 인부들이 흩어졌다.

사무소로부터 아까 전에 보였던 여자가 평상복으로 달려 나왔

---

3) 얇고 부드럽게 짠 모직물.
4) 식민지기에 일본인들이 조선인을 가리켜 부르던 차별언어.

다. 꽤 미인이었다.

쾅, 하고 소리가 났다.

땅에서 그 파편들이 튀어 날아오르자, 공중에 반짝반짝하고 빛나면서 소나무 가지에 부딪히거나 하며 소나기처럼 솨아, 하고 내렸다.

쾅, 쾅. 폭약이 터질 때마다 점점 더 큰 돌멩이가 튀어 올랐다.

장혁주(張赫宙) 씨가 쓴 <아귀도(餓鬼道)>라는 소설의 서두에서는 발파음을 '고토옹(ゴトーン)'이라는 글자로 형용하고 있었다. 아무리 들어봐도 그런 느낌이라고 생각되지는 않는다.

하지만 암석 깊숙한 곳 아래서 발파를 할 경우에는 그런 소리로 들릴 수 있을지도 모른다.

'여기보다 안쪽으로 들어가지 마시오.'

라는 글자가 써진 금지 팻말이 거꾸로 걸려 있었다. 레일 옆을 따라 돌아본다. 기암 사이로 커다란 틀 같은 게 튀어나와 있어서, 그것이 억척스러운 소리에 따라 규칙적으로 흔들거리고 있었다.

처음엔 기계인 줄만 알았다.

하지만 그런 것 치고는 운동이 불규칙적인 면도 있어서 가까이 가 보자, 한 노인이 자신의 신장만큼이나 되는 돌을 톱으로 썰고 있었다.

가끔 긴 모양의 국자로 물을 뿌렸다. 뿌리는 순간 톱날의 썰림이 좋아져서 다시 끼익 끼익, 하고 경쾌한 소리를 낸다.

작업이 며칠 정도 걸릴 것 같은지 물어보자 나흘 정도 필요하다고 손을 쉬지 않고 놀리며 답을 해줬다.

임금은 1재(才)5)에 18전이라고 한다.

그 돌은 20재 정도가 되어 보이니 하루 90전을 받는 셈이다.

머리 위쪽으로는 작은 거적이 막대기 끝에 걸려 있어서, 그 거적 크기만큼의 검은 그림자가 생겼고, 그 아래에서 마치 하나의 기계처럼 할아버지는 묵묵히 일을 서두른다.

12기통의 자가용 자동차를 부르주아들이 굴리는 문명화의 시대이지만, 할아버지의 노동은 고대 이집트의 노예의 그것과 별반 다르지 않았다.

사원은 굉장히 큰 철근 콘크리트 건물로 목조건축 양식을 쏙 빼닮은 석조건물이었다.

나는 언제였는지 모르지만 책에서 읽은 적이 있는데, 철근 콘크리트라고 하는 재질에는 이에 적합한 합리적인 양식이 있다고 배웠다.

이전에 생긴 동양에서도 유명한 대 건축물인 미쓰이은행(三井銀行)에도, 전면의 원기둥은 철근으로 만든 지금까지 없었던 로마-그리스 건축양식으로, 그 굵은 원기둥 자체는 아무런 의미가 없고 완전히 장식물에 불과하다는 모양이다. 왜 건축학을 무시하면

---

5) 체적의 단위. 1평방척이라고도 하며 석재 1재에 0.0278㎥.

서까지 거대한 원기둥을 필요로 하는 걸까.

그것은 미쓰이은행이 일본의 맘몬(Mammon)[6]의 아성으로서 역할하기 때문에 그렇다는 것이 가장 정확한 설명일 것이다.

지금껏 목재라고 하는 재료만으로 만들어져왔고 이러한 건설 방식에 적합한 일본사원 건축물을, 재료만 철근으로 바꿔 쌓아올리고 있다.

완전 사기나 다름없다.

더 힘을 들여야 하는 사기를 행해서까지 일부러 건물을 지어야 하는가. 그 해결안은 건축학 안에서의 계급성 문제에 달려있지 않을까 생각한다.

사원 안에는 난방장치도 보인다.

그것은 황금색으로 도금되어 있었다.

안을 들여다보려니 햇빛에 익숙한 눈에는 어두워 보였다.

시멘트 냄새가 차디 찬 공기와 함께 '묘행진(廟行鎭)'[7]의 노래에 스며들고 있었다.

*　　　　　*　　　　　*

뒷산에 올랐다.

---

6) 시리아에서 추앙받는 재보의 신.
7) 폭탄 삼용사의 노래(爆彈三勇士の歌)에 대한 별칭으로, 1932년 4월에 발표된 군가이다. 폭탄 삼용사는 1932년 제1차 상해사변 때 적진을 돌파해 자폭한 군인들로 당시 일제는 이들을 영웅시하였다.

번쩍번쩍 빛나는 금동으로 된 사원 지붕이 눈에 똑똑히 보였다.

지붕으로부터 몇 개 그물망이 늘어트려져 있었고 그 앞에는 각각의 노동자들이 들러붙어 있었다.

태양은 산 전체가 가마솥 안의 만두인 것처럼 열기를 뿜어내었다.

눈을 감으면 가을 들풀에 앉아 있는 벌레들의 울음소리와 같이 공사하는 소리가 들려왔다.

그리고 그것은 일하는 사람들의 소리이다.

그곳에는 일하는 사람들의 소리밖에 없었다.

결국 사원이 아름다운 자태로 완공되었을 때는, 선남선녀들이 드나들며 마치 하룻밤 사이에 이 사원이 만들어진 것처럼 감탄의 소리를 금하지 못할 것이다.

동자승은 금란가사를 몸에 두르고 자주색 가사를 휘날리며, 기름을 발라 빛나는 까까머리에 가을바람을 쐬면서(건물이 준공될 쯤에는 완연한 가을이 될 터이니),

"이것도 일종의 고결한 인격자 분들이 행하신 공양 덕분이옵니다."

라는 등의 말을 읊조리면서 가장 큰 금액을 기부한 자의 공덕을 칭송하며 그 사람의 이름을 마음속에 떠올릴 것이리라.

그리고 나면 사람들은 마치 고결한 인격자가 하룻밤 만에 이 사원을 지어 올렸다는 듯이 자기도 모르게 감탄의 소리를 내게 될 것이다.

그리고 그 즈음에 이 잡역부들은, 역시나 차가운 가을바람을 쐬며 배를 주리고 있을 것이 분명하리라.

산을 오른다.

왼쪽은 성벽이 있고 오른쪽에는 소나무 숲이 이어져 있다.

문득 살펴보니 소나무 뿌리 근처에 귀여운 동물 한 마리가 두리번두리번 거리며 근처를 배회하고 있었다.

밤을 찾고 있는 것으로 보인다.

다가가려니 퐁, 하고 앞으로 뛰어나가서 나도 숨을 죽이고 가만히 따라가 본다.

잠시 동안 이러한 상황을 반복하며 뒤를 좇았다.

아직 내가 있는 걸 알아채지 못한 듯하다. 작은 나무 위로 뛰어올라가더니 잎을 갉아먹었다.

인간이 없다고 생각하여 자연 그대로의 모습으로 행동하고 있는 것이다.

바로 옆에 있는 부서진 성벽으로부터 햇빛을 받아 하얗게 빛나고 있는 가도 위로 모래바람을 일으키며 우마차가 지나가는 모습이 보였다.

돌이라도 던져서 놀려보고 싶은 마음이 들었지만, 그런 행동을 해서는 안 된다는 마음도 동시에 들었다.

다다다다다….

조용했던 일대에 울려 퍼지는 기관총 소리. 용산 쪽에서 남산을 넘어 들려오는 것이리라. 그것은 식사를 아직 하지 못해 화가 난 아이가 밥상을 두드리는 소리 같았다. 인류가 사는 세계로부터 저 소리를 쫓아낼 수는 없는 것일까. 문득 그런 생각이 들었다.

한동안 길을 걷다 살짝 뒤를 돌아보자 아까 계속 들여다보았던 풀숲이 아직도 살랑거리고 있었다.

광장으로 내려오는 길이었다.

커다란 느티나무 녹음 근처에 많은 조선 노인들이 한데모여 장기를 두거나 담소를 나누거나 하고 있었다.

나도 시원한 곳을 찾아 허리를 구부렸다.

뚱뚱한 노인 근처로 한 총각(ちょんが)이 부채를 팔러 다가왔다.

할아버지가 그 부채를 손에 들고 부치기 시작하기에 사려는 모양이다, 하고 지켜보고 있으려니 잠시 부쳐보더니만 이번에는 등 쪽을 부치기 시작했다.

다시 돌려서는 같은 행동을 반복한다.

있는 힘껏 부채를 잡아들고 이곳저곳 앞뒤를 가만히 부친 후에 (그 즈음에는 많이 시원해진 뒤였으리라) 장년 특유의 위엄 있는 태도로,

"집에 가면 있다(チビカモイッタ)."

하고 말했다.

    ＊   ＊   ＊

노인정 아래를 지나 남산 쪽으로 향하는 길을 택했다.

잠시 가다가 오른쪽의 급경사를 힘겹게 올라오니, 조선의 활터가 보였다.

청량한 바람이 부는 가옥 안쪽으로는 편안한 얼굴로 시원해 보이는 비단옷을 두르고 금테 안경을 쓴, 쇠사슬을 길게 늘어트린 것과 같은 한 무리가 앉아 있었다.

기생처럼 보이는 예쁜 사람도 구석 쪽에 앉아 있었다.

정면에는 '벽옥정(碧玉亭)'이라고 써 붙어 있었다.

기둥에는,

사이정천하, 야량몰백석, 이비타일우

(射以正天下, 夜凉沒白石, 以備他日虞)

라고 하는 문장이 나란하게 적혀 있었다.

사람들이 잇달아 밖으로 나왔다.

한쪽 끄트머리에서 활을 쏘았다.

화살은 하늘을 거대한 발톱으로 그으며 마주보고 있는 봉우리의 과녁 쪽으로 날아갔다.

기생도 활을 쏠 모양이다.

과녁을 맞힐 수나 있을까 하고 걱정하며 애교로서 봐주고 있
으려니 생각보다는 많이 적중한다.

활을 다 쏘고 나자 다시 잇달아 자리로 올라간다.

동작이 대단히 침착하고 유장했다. 어떻게 하면 이 지루한 시
간을 가장 즐겁게 보낼 수 있을까, 하고 말하는 듯이 보였다.

지방에 광대한 토지를 가진 지주귀족들일까. 대부업자일까. 어
쨌든 간에 한가하고 배부르게 사는 사람들인 것은 분명하다.

도캉, 도도도캉.

맞은편 산 쪽에서 들려오는 폭발음이다.

서로 마주보고 있는 두 봉우리.

유유자적한 지주귀족들과, 한여름의 내리쬐는 햇빛을 받아가
며 돌가루를 뒤집어쓰고 있는 인부들.

이 두 산이야말로 현대 조선의 축도(縮圖)를 묘사하고 있는 듯
하다.

(1932년 8월 15일)

― 京城帝國大學豫科學友會, 『淸凉』 第14號, 朝鮮印刷株式會社, 1932.

명문의 후예
名門の出

●

노성석(盧聖錫)

"다음 내리실 곳은 모토마치(元町)[1], 식물원 방면으로 가실 분은 버스로 환승하시길 바랍니다."

하고, 차장이 기계 같은 어조로 안내방송을 차내에 울렸다. 최(崔)는 그 목소리를 듣고 주머니에 손을 찔러 넣고서 지갑을 찾았다. 조끼, 바지, 상의 등에 달려 있는 구멍이란 구멍을 모두 구석까지 샅샅이 뒤졌지만 도무지 지갑의 모습은 보이지 않았다. 최는 자기도 모르게 '아차' 하고 혼잣말을 내뱉었다. 그의 창백한 얼굴이 시시각각 붉은 기색을 띠었다.

　　실은 오늘 최는 친구의 집에 초청받아, 얼마 전에 새로 출시된 모던한 양복과 산뜻하게 윤을 낸 구두, 빈틈없이 손질한 머리카락에, 만주에서 거금 십 몇 원이나 분발하여 주고 산 그의 자랑

---

1) 현 서울특별시 용산구 원효로의 일제강점기 명칭.

인 파리제 향수를 뿌려 향을 낸 손수건까지 지참해서, 단연 모던 보이의 면모를 발휘하고자 했던 참이었다. 집에서 양복을 꺼내고 나갈 준비를 하던 때, 굳이 말하자면 침착한 성격은 아니었던 그는, 그만 지갑을 챙겨서 오는 것을 잊고 의기양양하게 전차에 올랐던 것이다.

그는 얼굴에 극도로 낭패한 기색을 내비치며, 뒷머리를 긁적이면서 차장이 있는 쪽으로 다가가,

"차장님! 실은 말이죠. 그……. 집에다가 지갑을 둔 채로 잊어버리고 와버렸지 뭡니까. 죄송하지만 저, 어떻게……."

라며 운을 떼었다.

차장은 빈정거리는 조소를 띄우면서,

"글쎄요! 뭐라고 해야 할지요……. 하지만 저로서는 도무지 어떻게 해드릴 수가……."

하고 말했다.

최는 다시,

"그러니 그 부분을 좀 어떻게든……."

하고 차장과 말을 주고받는 도중에 전차는 벌써 모토마치에 있는 정거장에 도착해버렸다. 마침 그때 이곳에 내리려고 최의 뒤쪽에 서 있다가 이를 목격하게 된 귀여운 인상의 여자는, 모던보이가 차장에게 냉담한 대우를 받고 있는 것을 가엾게 여겼던지 최의 삯까지 대신 내주었기에, 그는 전차에서 내릴 수 있었다. 덕분에

무사히 내릴 수 있었던 그는 그녀에게 거창하게 감사의 예를 표하고는 그녀와 헤어지고 나서 시간의 촉박함을 느끼며 두 번 세 번이나 손목시계를 확인하면서, 친구의 집으로 향하는 길을 서둘렀다. 그는 길을 걷는 도중에도,

"부끄러운 일이구나. 젊은 여자가 차표를 대신 내주지 않았더라면 그 거드름피우던 차장 녀석에게 더한 수치를 당할 뻔했어. 정말 고마울 따름이다."

와 같은 생각을 하며 지금보다 얼굴을 더 붉게 물들였다.

그 일이 있고나서 대략 이 주 정도 흐른 어느 날, 최가 일요일에 이어진 공휴일이라는 샐러리맨에게 있어서 가장 행복한 날을 택하여 본가로 귀성하던 도중, 기차 안에서 우연히도 그녀 — 그날 전차에서 차표 값을 대신 내어준 여자 — 와 닮은 사람을 발견하게 되었다.

최는 '사람을 잘못 본 것이 아닐까' 하고 생각하여 서너 번을 재차 의혹의 눈초리로 주시하였다. 하지만 그녀임에 틀림없었다. '감사의 말이라도 전하러 다가가 볼까' 하는 생각이 들었다. '혹시 그녀가 아니라면' 하는 의문도 그를 지배했다. 그러나 다음 순간 최는 '그녀임에 틀림없다. 예라도 표하지 않으면 안 된다'고 결단을 내렸다. 원래 사람 앞에 잘 나서지 않는 최로서는 많은 용기를 내어 그녀의 좌석으로 다가가 얼마 정도 뜸을 들이다가,

"지난번에는 정말 감사했습니다. 당치도 않게 신세를 져서……. 부디 이것을……."
이라고 말을 건네며 차표를 꺼내어 그녀에게 건네려고 했다. 그러자 그녀는 일종의 수줍음과 함께 매우 의외라는 표정으로, 아름다운 얼굴에 미소를 띠운 채 생긋 웃으며 감사 인사를 표했다. 차표 한 장을 억지로라도 건네려했지만, 아무리 권해도 그녀는 받으려 하지 않았다. 열차 내의 승객들은 두 젊은 남녀의 행동에 흥미가 동한건지, 아니면 의아한 생각이 들어서였는지, 막연한 표정으로 멍하게 스스로를 잊고 시선을 집중하고 있었다. 남녀가 사랑을 이야기하는 발성영화라도 관람하는 것처럼.

최는 거듭 정중하게 고맙다고 예를 표하면서 명함을 내밀며 꼭 한 번 자신이 하숙하는 거처에 방문해달라고 말했다. 그녀도 꽃무늬를 새긴 명함을 건네어 서로 교환을 마쳤다. 이렇게 해서 최는 그녀가 류(柳)라고 하는 여자임을 알게 되었다. 그러던 중에 기차는 종점인 K시에 당도하였다. 그곳에서 최는,

"그럼 오늘은 이만 실례하도록 하겠습니다. 부디 다시 한 번……."
하고 운을 떼며 은근하게 인사를 하곤 동서로 갈라섰다.

최는 류와 함께 좀 더 이야기를 나누고 싶은 마음으로 가득했지만 어쩔 수 없었다. 류의 정감 어린 얼굴이 최의 가슴 속 깊게 파고들고 있었다.

어쨌든 최의 본가는 K시로부터 약 10리 정도 떨어져 있으며 E 역에서 1리 반 정도 거리가 있는 N마을이라고 하는 곳으로, 이 고을은 옛 부터 조선시대의 양반들이 많이 모여 살았던 것으로 유명하다. 마을 사람들의 태반은 양반 출신이고 보수적인 성향에 더하여 자존심 또한 강하고, 조선 고유의 사상을 유일무이한 가장 최고의 가치로 여기는 자들뿐이었다. 지금도 마을 사람들은 대체적으로 전통적인 생활방식을 고수하며 상투를 머리에 틀고 십칠팔 세가 되어 자식을 보는 것이 결코 드문 일은 아니었다. 아니, 오히려 그것이 가장 정상적인 일이라 할 수 있었다.

지금으로부터 이십 년 전에 철도를 부설한다고 하였을 때, 당국에서는 N마을에도 역을 건설하려고 했지만 '양반' 무리들의 엄청난 반대와 조우하였고, 양반들은 그 대신 E마을에나 건설하라고 맹렬하게 운동을 전개하여서 기어코 E마을에 역을 세우도록 만들었다. 그렇게 N마을의 촌민들은 문명의 은혜로부터 멀어지게 되었다. N마을에 초등학교가 설립된 것은 꽤 오래전의 일이었지만, 이 역시 다수의 양반들은 소위 신학문(新學問)이라는 것을 싫어하여 서당 형식을 갖춘 사숙(私塾)에 아침부터 밤까지 사사오경을 읽히는 것을 가장 유익한 교육방식이라고 여겨서, 이를 그대로 실행에 옮기고 있다.

이 마을에서도 최의 아버지는 가장 보수적인 구파 지식인 중 한 명이며, 더불어 지역 유지이기도 했다. 이는 최의 아버지가 모은 재산이라기보다는, 최의 증조부인지 누군지가 전라도인가 어딘가의 감사(監司)2) ― 행정권, 경찰권을 보유한 도지사(道知事) ― 로 부임하여 사오 년간 체재 중에 남경충(南京蟲)3)과 같이 양민의 고혈을 빨아들일 때, 무고한 죄를 구실로 땀 흘려 뜯어낸 결정품이었다. 아버지는 이를 손쉽게 자신의 밑천으로 삼아 오늘날의 지위를 쌓아올린 것이다.

최 또한 이러한 교육을 받지 않으면 안 될 운명이었다. 하지만 불행 중 다행으로 K시에서 살고 있는 먼 친척의 형님이 최의 아버지를 공들여 설득하여 최를 K시로 데려가 초등학교, 중학교, 거기에 고등상업학교까지 졸업할 수 있도록 배려해준 덕분에 지난 봄 K시의 모 은행에 취직할 수 있게 되었다.

최의 아버지는 최를 K시로 떠나보낼 아량과 XX4)는 있었지만 상당한 실력의 한학자로서 언문을 쓰는 것을 좋아하지 않았고, 최에게도 '편지는 항상 한문으로 쓰도록' 하라고 엄포를 놓을 정도였다. 이러한 연유로 최는 가끔 귀성하여 본가에 머무를 때면 극도의 근시안을 가졌음에도 불구하고 윗사람 앞에서는 안경도 쓰지 못하였으며, 근시 특유의 우울함과 불쾌함 속에서 정좌하고

---

2) 조선시대 각 도(道)의 장관, 일명 관찰사(觀察使). 오늘날의 도지사에 해당.
3) 사람의 피를 빼는 둥글납작한 벌레.
4) 전후 맥락을 살펴보면, 검열이라기보다는 작가의 글자를 편집자가 알아보지 못한 것으로 추정.

있지 않으면 안 되었다.

그러나 소위 신학문을 배운 자라면 누구나 그렇듯이 최 또한 편지를 쓰는 지침서를 참고하더라도 완전하게 한문으로 문장을 구성해내기가 힘들었다. 따라서 그는 뭔가 급한 용무가 있을 적에는 편지를 보내는 대신에, 일부러 본가에 찾아가는 것이 일상이 되었다. 얼마 전에 류와 만났던 그때 또한 아버지가 있는 곳에 금전을 받으러 갔다가 돌아오는 도중에 일어난 것이었다. 최는 은행으로부터 오육십 원의 월급을 받고 있었지만 풍류(華奢), 애주(豪飮), 호색(好色)의 삼박자를 갖춘 그였기에 언제나 적자 재정에 시달렸다.

최가 귀성할 때마다, 아버지는 언제나 그를 앞에 꿇어앉히고서는 그에게 '결혼하거라' 하고 재촉하였다. 이번에 찾아뵈었을 때도 아버지는 그에게,

"이것아, 너는 어찌하여 결혼을 하지 않는 것이냐! 벌써 스물넷이나 되지 않았느냐. 나는 벌써 내년이면 환갑을 넘기는데. 난 말이지, 손자라도 보고 난 다음에 저 세상으로 가고 싶단 말이다. 보통 스물넷이면 대여섯 살의 아이를 가진 부모가 되고도 남을 나이지 않느냐. 옆집에 박참판(參判) ― 조선시대 육조의 하나로 종2품 ― 댁의 자제는 물론, 네 형이나 종형들도 모두 지금은 한 가정의 부모가 되어 있지 않느냐! 으음! 저기 저 열여섯 살이 된 최판서(判書) ― 육조의 수장으로 정2품 ― 댁의 둘째 아들도 다음 달

초순에 벌써 가례를 올린다는 게야."
라고 마을 사람들의 일까지 끌어들여서 평소와 같이 그의 결혼을
강권하였다.

　그때마다 그는,

　"아직 이릅니다. 내년에는……"
하고 말을 줄이며 가볍게 일축하고 언급하지 않으려 했다.

　그러자 최의 아버지는 분연한 기색이 되어,

　"너는 신체발부 수지부모라는 말을 모르느냐. 이렇게까지 애비
의 말을 듣지 않는 녀석은 불효자식이나 다름없다. 대체 신학문
이라는 먹물을 먹은 녀석들은 건방지기 짝이 없어. 내가 신학문
을 반대했던 것도 다 이런 이유였던 게지……"
하고 분노를 감추지 않았다. 그럼에도 부모의 이러한 모습에 익
숙해 있던 그는 마이동풍의 태도를 고수했다. 항상 일이 이렇게
되니 최는 삼 개월 혹은 사 개월에 걸쳐 한 차례 정도만 귀성길
에 오르는 것이었다.

*　　　　　*　　　　　*

　솜처럼 부드러운 눈이 살포시 내리던 어느 날 밤, 최가 하숙집
에서 라디오의 멜로디에 취해 있을 때에 하숙집 딸이 한 장의 명
함을 들고 와선,

　"손님이 왔어요! 여자 분이시던데."

하고 불가사의하게 여겼는지, 굳이 '여자 분이시던데'라는 첨언을 했다.

최는 '류가 온 것일까' 하고 생각하며 명함을 확인했다. 아니나 다를까 예상대로 류였다. 그는 하숙집 딸에게,

"들어오시라고 전해주오."

라고 말하는 한편, 책상 위에 어질러져 있는 담배꽁초라든지 다른 여러 가지 것들을 대강 정리하기 시작했다.

류가 최의 방에 발을 들인지 꽤 시간이 흘렀다. 그와 동시에 그들의 화제도 세간의 이야기에서 개인 신변에 대한 것으로 옮겨가게 되었다.

그렇게 최는 류가 모 백화점의 점원임을 알았고, 더불어 류는 최가 은행원인 것을 듣게 되었다. 둘의 대화는 언제까지나 계속될 것처럼 이어졌지만, 시계바늘이 째깍째깍하고 흘러가 10시를 가리켰을 때 류가 '너무 늦었다'고 생각했는지, 마지막 화제에 대한 매듭을 짓고 최의 하숙집을 떠났다. 항상 그랬듯이 정확하게 시간을 가리키는 시계가 오늘따라 최에게는 방해물처럼 느껴졌다. 류가 돌아가자 왠지 모르게 아쉬운 기분이 들었다.

최는 류가 돌아간 후, 무의식적으로 책상에 있는 메모지에 '류, 류……'라고 몇 번이고 적어 내려갔다. 류의 그 '사랑스러운' 얼굴의 잔영, ― 이전에 만났을 때보다 확실히 더 예쁘게 느껴져서

음미하면 할수록 아름답다고 생각이 되는, 거기에 그 카나리아의 울음소리와 같이 명랑하게 울리는 목소리, 이에 더해 그 고상한 태도와—아무리 남자가 사는 하숙집에 대담하게 혼자 방문하는 경솔함을 고려하더라도, 게다가 인정 넘치는 마음씨까지. 최에게 있어서는 류의 머리부터 발끝까지가 모두 사랑스럽게 느껴졌다. 류는 그가 항상 생각하던 이상형과 닮은 여자였으며, 결혼할 상대로서 가장 마땅한 사람이라는—아버지로부터 결혼을 재촉 받고 있는 최로서는—생각을 하였다.

최는 다음 날부터 비가 오는 날에도, 바람이 부는 날에도, 거의 매일 발을 들여놓던 카페에도 거의 가지 않고 하루라도 빨리 류와 친해지고 싶어서, 서로 가까워질 계기를 만들기 위해 기회를 엿보았다. 그렇게 거의 매일 류의 환상에 붙잡혀 살게 되었다.

최는 있는 대로 지혜를 짜내어 자신의 진정성을 토로하면서 연애감정의 첫 화살을 그녀에게 쏘아 보냈다. 하지만 효과는 없었다. 최는 실망하면서도 용기를 내어 두 번째 화살을 쏘았다. 그것도 역시 아무런 역할을 하지 못했다. '이번에는 반드시'라고 생각한 최는 마지막 여력을 다해 류에게 호소하듯이 글을 적어 내려갔다. 그러나 이삼 일이 지나도 역시 감감무소식이었다.

어느 일요일 아침이었다. 최는 자포자기를 하듯이 봉급을 받은 김에 지난 밤 동료와 함께 기염을 토하며 술을 마시다가 정오가

돼서야 인사불성이 되어 바닥으로 기어들어왔다. 그때, 하숙집 딸이,

"최씨, 편지에요!"

라고 말하며 편지 한 통을 던져놓고 나갔다. 최는 그 목소리에 놀라 졸린 눈을 비비고선 '누굴까' 하고 생각하며 봉투를 확인해 보니, 류가 보내 온 것이지 않는가. 이제 절망적이라고 생각했던 류로부터. 최의 가슴은 귀신 목이라도 딴 것처럼 희열이 차오르면서도, '혹시 그녀가 단념해달라고' 하는 것이라면 어쩌나 하는 일종의 공포감을 동시에 느끼며 감정의 쌍곡선을 교차시키고 있었다. YES. NO. 안달이 난 속을 누르며 편지봉투를 뜯어보니, 놀랍게도 봉투 안에는 네 번 곱게 접힌 한 장의 새하얀 백지가 들어 있을 뿐이었다.

어떻게 해석해야 하는 걸까? 최의 머릿속에는 이 새하얀 문서를 중심으로 양극단의 생각이 달리고 있었다.

'나의 마음은 이렇게 깨끗합니다. 당신이라면 만사 OK.'
'당신! 백지와 같이 하얗게 마음을 단념해주세요.'

최는 틀림없이 이 백지 한 장 때문에 방향을 잃었다. 최는 그녀의 진의가 어디에 있는지 알기 위해서 재차 두세 번이나 편지를 보낸 끝에, 그녀의 진의가 전자에 가깝다는 것을 밝혀내었다.

그때 최가 느낀 환희란 이루 말할 수 없었다.

이후 두 사람은 자주 만나게 되었다. 물론 지인으로서가 아니라, 서로 마음을 둔 사이로서. 그러면서 둘의 교제관계는 불타오르는 열정과 함께 기하급수적으로 진전되었다. 그 와중에 필연적으로 찾아오는 위기 ─ 특히 호색남인 최로서는 ─ 를 피해갈 수 없었고, 최는 류로부터 유일하면서도 소중한 것을 빼앗아갔다. 하지만 '비가 온 뒤에 땅이 굳어진다는 말'처럼 최는 그 후에도 '빼앗을 것은 빼앗았으니까'라는 비열한 마음은 들지 않았고, 도리어 장차 원앙의 맹세를 꿈꾸며 백년해로를 다짐하였다.

*   *   *

어느 날 오후에 최가 근무지에서 장부를 정리하고 있을 즈음, 사환이 한 통의 전보를 놓고 갔다. 그는 정리를 잠깐 멈추고 '무슨 일이지' 하는 생각으로 전보를 확인하였다. 그 순간 그의 안색이 변했다.

"무슨 일이지. '父, 危篤(아버지, 위독)'[5]?"

그것은 그가 꿈에도 상상하지 못했던 일이었다.

청천벽력과 같은 소식이었다. 매우 놀라서 최는 주임에게 허가를 받아 곧바로 허둥지둥 기차에 올라 본가로 출발했다. 민(閔)[6]

---

5) 원문에는 'チ, キトク'라고 적혀 있으나 여기에는 이를 표현한 한자로 다시 옮겼다.
6) 최(崔)의 오기이거나, 작중 최의 이름으로 추정.

은 그때만큼 기차의 속도가 그리 빠르지 않다는 것을 절실히 느
낀 적이 없었다. 그는 기차 안에서 여러 가지를 생각했다. 혹시라
도 '아버지가 돌아가신다면' 하는 상황을 전제로 하여,

"형님이 계시긴 해도, 형님 마음대로 맡겨둘 수는 없다. 그 우
둔한 형님과 혹시라도 유산을 둘러싸고 골육상잔을 벌이는 일이
일어나지 않는다고도 할 수 없지. 만일 그렇게 된다면."
등의 생각을 하며 몇 가지 결론을 내렸다.

한참 후, E역에 도착하여 급히 집으로 들어가 보니, 집안 어디
에도 '父, 危篤'이라는 저기압의 분위기는 풍기지 않았다. 최는
걱정과 의혹이 가득한 눈초리를 하고 아버지가 거처하는 곳에 들
어섰다. 하지만 '危篤'하다던 아버지는 의연한 모습으로 장죽을
입에 물고 있는 게 아닌가. 최는 전보를 잘못 본 것이 아닌가 하
여 다시 한 번 전보에 적힌 글을 읽어보았으나, 확실히 '父, 危篤'
이라고 적혀 있었다. 그는 일의 곡절을 의아하게 여기며 아버지
에게 '전보를 받고 찾아왔습니다만'이라고 밝혔다. 아버지는,

"실은 네 결혼 문제 때문에 불렀느니라."
하는 대답을 들려주었고, 그는 어안이 벙벙해짐과 동시에 일단
안심을 하였다. 아버지는 계속해서 N마을에 상당한 재력을 가진,
게다가 조부가 판서인지 뭔지 하는 어쨌든 상당한 고관을 지냈던
권(權)이라는 자의 여식과 납폐(結納)7)까지 마쳤다는 말을 꺼냈다.
이러한 일은 오로지 '父, 危篤'만을 상정하여 고민했던 최에게 있

어서는 너무나도 충격적인 사건이었다. 그럼에도 최로서는 아버지의 의견에 어울릴 생각은 추호도 없었다. 아버지의 방식에 분개하는 한편, 강렬하게 반대하며 자신에게는 이미 백년해로를 약속한 여자가 있음을 덧붙여 말했다.

그러자 최의 아버지는 노기가 충만해져서,

"고래부터 우리나라 양반의 자식들은 자신의 부모가 정해 준 배우자와 결혼하는 것이 정도이니라. 자기네들 둘이서 멋대로 결정하는 신식 결혼인가 뭔가 하는 건 상놈 자식들이나 하는 짓이야. 어떻게 소위 신문학을 공부한 녀석들은 전부 다 제멋대로인건가! 부모의 의견을 듣지 않는 녀석들은 모두 불효자식이야! 너는 어찌하여 권의 여식과의 혼담을 멋대로 거부하려는 게야. 으응?"

하고 말했다.

"……."

"용모가 다른 애들보다 떨어지나. 문벌이 나쁜가. 아니면 재산이 보통 사람들보다 부족한가. 으응? 대체 어디에 불만을 품을만할 점이 있는 게야? 그 여자는 포기하도록 해라! 알겠지! 부탁이다."

라고 최의 아버지가 최후의 힘을 쥐어짜 말했다.

---

7) 전통 중 하나로 약혼의 증거로서 예물을 교환하는 일.

"……."

"나라면 기쁘게 받아들일 터인데……. 게다가 어쨌든 간에 일단 정해진 일을, 양반의 체면으로 취소할 수도 없는 일이지 않느냐. 아버지의 면목을 조금이라도 생각해주면 안 되겠느냐."

하며 마치 자신의 아들에게 자신을 위하여 결혼을 해달라는 듯이 강하게 부탁하였다. 하지만 최는 완강한 태도를 취하며 미동도 하지 않고, 류의 환경, 가정, 인물됨을 일절 소상히 밝히고선 권과의 결혼을 반대했다. 아울러 류와 결혼식을 올려줄 것을 탄원했다. 분명 무리한 일이라고 생각하면서도.

최의 아버지는 한창 열이 받아 있는 와중에 최가 상민의 여식과 결혼시켜달라고 조르는 것을 듣고 더욱 노하여,

"너도 어지간히 멍청한 녀석이로구나! 판매원이라는 변변치 못한 직업을 가진 여자라니 제대로 된 아이는 아닐 테다. 어차피 매춘부나 다름없는 처지 아닌가. 그런 여자와 결혼을 시켜달라고? 이 바보 같은 녀석……. 이 세상에 신붓감의 불황이라도 찾아온 겐가? 나는 그런 상민 출신을 며느리로 받아들이는 것은 딱 질색이다. 근본적으로 조상님들께 들릴 말씀이 없어져. 아직까지 우리 가문에 그러한 상민을 입적시켰던 일은 전연 없었단 말이다. 그런 말도 안 되는 이야기는 그만두고 그 권씨 여식과의……."

라고 말하며 최의 반론을 결코 들으려 하지 않았다. 최는 아버지가 자신의 의사를 녹록하게 받아들일 만한 성질머리의 소유자가

아님을 잘 알고 있으면서도, 몇 번이고 간곡하게 부탁하였다. 하지만 아버지는 이를 일언지하에 거절했다.

최는 형세가 불리함을 깨닫고 먼저 권과의 혼약을 파기하지 않으면 안 되겠다고 생각하여 평소의 그와는 다르게, 용감하게도 혼자서 권 대감의 저택에 방문하여 그를 찾아뵈었다. 그리고 대담하게 '혼약 파기'를 하지 않으면 안 되는 사정을 상세하게 설명하고 돌아왔다.

갑작스럽기도 하고 의외이기도 한 일에 놀란 권 대감 댁의 식솔들은 곧바로 심부름꾼을 최씨네 집에 보내어 일의 경위를 알렸다. 이를 들은 최의 아버지는 최를 불러들여서 '애비의 얼굴에 흙탕물을 끼얹은 녀석이다'라고 대노하였고, 심한 꾸짖음과 함께 강제로 결혼식을 올리도록 종용하였다.

그럼에도 불구하고 최는 대단한 근성을 보이며 완강하게 반대했기에 결국, 아버지의 완고함조차 감당을 못해내었고 그렇게 권과의 혼담은 일단락을 고했다. 최는 이야기가 꺼내진 바에야 류와의 문제도 해결하자고 생각하여, 아직 권대감 댁과의 일로 화가 풀리지 않은 아버지에게 매일매일 탄원을 하였다. 그러나 항상 거절당할 뿐이었다. 아버지는,

"다른 여자라면 몰라도, 류와의 결혼은 결코 용서할 수 없다!"
라고까지 말했다.

최가 자신의 본가로 돌아온 지도 벌써 일주일이 지났다. 그는 어느 날 아침, 신문을 읽다가 4단락 분량의 큰 표제로,

妙齡處女
　飮毒自殺(未遂)
　　─原因は失戀─8)

이라고 적혀 있는 사회면을 접하게 되었다. 그는 호기심이 일어 다음 부분을 읽어나가다가, 그 기사의 주인공이 류임을 알게 되었다. 게다가 원인은 실연이라니! 도대체 뭐가 뭔지 이해가 되지 않았다. 류에게는 나 이외에도 열애를 하던 상대가 있었던 것일까. 최는 자신의 눈을 의심하며 이것이 꿈이 아닐까 생각했지만 불행히도 현실이었다. '대체 왜 그녀가' 하는 생각만 들었다. 그는 망연자실할 수밖에 없었다. 그는 잠시 멍하게 있다가 좋은 생각이 난 듯이 곧바로 K시로 출발하여 신문 기사를 의지해 류가 입원해 있는 병원으로 가 류를 만나기로 했다.

　실망의 구렁텅이에 빠져 있는 류와 의혹의 심연에서 헤엄치고 있던 최의 꽉 마주잡은 손 위로 눈물이 떨어졌다. 하지만 류의 태도에는 차가운 면이 있었다. 그녀의 모습에 그는 '대체 왜 그녀가 이렇게 된 걸까.' 하고 생각하는 것 이외에 다른 방법이 없었다.

---

8) 묘령처녀, 음독자살(미수)--원인은 실연--

두 사람은 흥분을 가라앉히고 냉정을 찾은 후 이 소동의 경위를 찾기 위해 말을 나누었다. 진상을 알고서 둘은 다만 쓴웃음을 지을 수밖에 없었다. 원인은, 최가 그 전보를 받고 귀성하고 난 후 일주일이 지나도 한 통의 엽서도 없기에 류가 수상하게 여겨 권의 본가에 편지를 보낸 것에 있었다. 그러자 류가 있는 곳으로 편지가 보내져 와서 K시를 출발하여 E역에 당도해 보니, 기다려 마지 않았던 최의 얼굴은 보이지 않고 일면식도 없는 청년이 그녀 쪽으로 다가와서 류가 맞는지 확인한 후, 자기는 최가 보낸 심부름꾼임을 자처하며 최는 부모의 말씀에 따라 스스로를 굽히고 다른 여자와 결혼하였으며, 지금 여기에는 없고 처갓집에 가 있다고 말을 전했다.

이를 듣고 난 류는 그저 그때의 기분을 얼굴에서 흐르는 두 갈래의 눈물로 형용할 수밖에 없었다. 그래서 류는 누구 하나 의지할 사람도 없는 E역에서 무엇을 어찌지도 못하고 사랑의 아픔에 가슴을 부여잡으면서 최를, 남자를 원망하며 K시로 돌아가게 되었다.

류는 '유일하면서도 소중한 보물'을 내주면서까지, 가면을 쓴 최의 본모습을 오늘날까지 간파하지 못하고 마음을 준 것에 대한 분함에 근무―빵을 얻을 수 있는 근원지―까지 쉬면서 눈물을 흘리며 이삼 일을 지새웠다. 불면에 빠져 도무지 잠을 잘 수가 없었다. 때문에 수면제인 칼모틴을 복용했음에도, 불면증은 계속

이어졌다. 이에 다량의 칼모틴을 더 복용했다. 그런데 약을 먹은 후 맹렬한 고통이 찾아왔고 신음이 터져 나왔다. 이를 발견한 류의 어머니가 자살시도를 한 것이 아닌지 하는 오해를 안고서 병원에 입원을 시켰다. 그 일이 어느 저널리스트에 의해 음독자살이라는 근거도 없는 기사로 신문의 일면을 장식하는 데에 이르렀던 것이다.

자신이 결혼했다는 둥의 이야기는 아버지가 류와 떼어놓으려고 획책한 것이며 단순한 허구에 지나지 않음을 역설하면서, 류의 오해를 풀기 위해 노력했다. 두 사람은 서로 몸을 던져 껴안고서는 최도 류도 그저 눈물을 흘렸다. 만감이 교차한 끝에 뜨거운 포옹으로 서로의 진심을 표현할 뿐이었다. 어느 새 전등이 꺼지고, 새벽이 밝아 옴을 알리듯이 새하얀 빛이 커튼 사이로 창문을 통해 들어왔다. 최와 류에게는 이 모든 일이 일 막의 희비극처럼 느껴졌고, 난센스와 다름없었다. 이를 계기로 두 사람은 새로운 일 보를 내딛었다.

최는 류가 퇴원하는 것을 기다렸다가 다시 귀성길에 올라, 지금까지 있었던 류의 뜨거운 마음과 자기의 심경을 호소하며 아버지에게 류와의 결혼을 허락해달라고 바싹 졸랐다. 아버지에게 호소를 거듭한 끝에 과연 완고한 아버지도,

"그렇게까지 원한다면야……."

라고 말하면서 결국 허락하고 말았다.

하지만 그 이면으로 최의 아버지는 너무나 중대한 고민을 안게 되었다. 다름이 아니라 류가 상민 집안의 여식이라는 사실이었다. 밤낮으로 이 걱정 때문에 잠을 이루지도 못하고 고민을 했다. 왜냐하면 최의 아버지가 상놈의 여식을 며느리로 맞았다는 사실이 퍼지기라도 하면 마을의 양반 사람들에게 비웃음의 씨앗이 되어 조롱거리가 될 게 뻔했기 때문이었다. 이 때문에 그동안 최의 아버지는 심복과도 같은 사무원을 K시로 보내어 류의 가문에 대해 상세하게 ― 혹시라도 류의 먼 선조가 양반의 혈통을 가지고 있는지 ― 조사하도록 하였다.

그런데 이삼 일 후 사무원이 돌아와서는,

"대감! 실은 그 분의 집안이, 방(方) 판서 집안의 후예로…….그 고명한!"

이라고 보고하였다.

최의 아버지는 만면에 희색을 띄고,

"뭐라고, 방 판서……!"

라고 탄식처럼 내뱉었다.

"실은 방 판서의 조부가 되시는 분의 어머니 쪽 친척입니다만."

하고 만일을 위해서 첨언을 하였다. 어쨌든 이 소식은 최에게 있어서 천금의 가치가 있는 정보였다. 그 날 이래로 최의 아버지는 급격하게 밝은 모습을 되찾았다. 그리고는 이 판서라든지 무슨 참판이라든지 하는 마을의 고명인사들을 찾아가며 담소를 나누는 자리에서 항상,

"이번에 우리 가문으로 맞이한 며느리는 대단한 명문의 자손이라오. 방 판서라고 들어는 보셨겠지요. 그 집안의 일문이 되는 사람이요."

하고 반드시 혼담의 얘기에 덧붙이며 방패막이를 쳤다. 이후 길거리에서도, 집안에서도, 마을의 양반 무리들 사이에 끼어 있을 때도 언제나 예의 방 판서의 후예라는 것을 득의양양하게 말하고 다녔다. 하지만 그렇게 가슴을 펴고 다니는 와중에도 일종의 적적하고 쓸쓸한 기분이 들면서 동시에, 최의 아버지는 소위 양반의 비애, 세기말의 비애와 같은 것을 정말이지 절실히 느끼지 않을 수가 없었다.

(1월 14일 밤)

— 京城帝國大學豫科學友會, 『淸凉』 第17號, 朝鮮印刷株式會社, 1934.

도자기가 있는 별실
壺の部室

●

이즈미 야스카즈(泉靖一)

모 화재보험회사 사장님의 하루

고독한 상이라고 해야 할지, 유대인의 상이라고 해야 할지, 콧날이 오뚝한 코.

얼굴이 커다랗게 불어버린 것인지, 코가 원래부터 자그마한 것인지 모르겠지만 미묘하게 작은 코.

오랜 시간 동안 고생을 한 탓일까. 그게 아니라면 원래 그러한 성질의 것일까. 흰털이 섞여있는 축 늘어진 백미(白眉).

그 눈썹으로부터 주름으로 이어진 눈꺼풀 아래로 넓게 벌어진 사람 좋은 인상을 풍기는 가느다란 눈. 살짝 충혈이 되어 있는 이유는 지금 독서를 하고 있어서일까. 아니면 눈병이 든 것일까.

별로 눈에 띄지 않는 입술은 언제나 항상 엽궐련을 오른쪽으로 기울여 물고 다니던 탓인지 힘없어 보이는 잿빛이 입술 위에 누렇게 떠 있었다.

이마 꼭대기에서부터 뒤편으로 넓게 펼쳐진 대머리를 감추기 위해서 단정하게 매만져 위로 올린 반백의 머리카락이 흐트러지지 않게 머리를 반듯하게 괴어 받치고 있던 건장한 오른손을 나른하게 늘어트리며, 사장님은 책상 위에 있는 나사[1]로 된 서류들을 다 읽어냈다.

의자에 앉은 채로 기지개를 펴며 하품을 하면서 '이제 돌아갈까, 일도 다 끝냈으니' 하고 중얼거리며 일어선 그때, 스팀 파이프가 희미하게 소리를 내며 울렸다.

"겨울인가."

겨울방학에는 돌아오라고 말했음에도 불구하고, 돌아가지 않겠노라고 쌀쌀한 답장만을 보낸 장남 다쓰오(龍男)의 얼굴이 머릿속에 떠올랐다. 여름 사이에 돌아와 있는 동안 다투기만 하다가 감정이 남은 채로 돌아가 버린 다쓰오. 자신이 고단한 삶의 구렁텅이에서부터 키워낸 다쓰오. 이제 두 번 다시 너 같은 녀석과는 말도 섞지 않겠다며 면전에 대고 쏘아붙였지마는, 어딘가 아직 남아 있는 어린 시절의 인상이 웃음기를 머금고 멀어졌다가 다시 환상처럼 떠오른다.

---

1) 포르투갈어, 양털로 짠 두툼한 방모직물.

사장님은 ○○라 하는 가장 좋아하는 궐련을 주머니에서 꺼내어 입에 물고 불을 붙였다. 돌아가려고 했던 생각은, 보이에게 외투를 가져오게 하는 것이 아니라, 도리어 우울한 고뇌만을 불러오고 말았다.

"근본적으로 요즘의 어린 녀석들은 참 건방지지."

이렇게 중얼거렸지만, 너무나도 많이 쓰는 말이기에 '이렇게 말하게 만드는' 이 아버지로서의 면목 또한 형편없게 만드는 것처럼 느껴져서, 결국 불쾌한 기분이 들어버렸다.

아니, 사회주의다 뭐다 하며 떠들고 다니는 한편으로, 여행이하고 싶다든지, 책을 사고 싶다든지, 스포츠가 하고 싶다는 둥 하는데, 그것이 무슨 노동자를 위한다고 주장하는 사회주의와 무슨 상관인가. 아무리 생각해도 부화뇌동하는 것으로밖에 여겨지지 않는다. 하지만 나라를 소란스럽게 하는 일만 벌이지 않는다면, 여행도 좋고 책도 좋고 스포츠를 즐기는 것도 좋을 것이다. 젊음은 두 번 오지 않는다. 뭐든 하는 것이 좋다. 나는 어린 시절에 고생을 많이 했으니, 자식들에게까지 그런 힘든 경험을 시키고 싶지는 않다.

함께 다녔던 녀석들 중에는 언젠가, 밥을 챙겨 먹는 것조차 힘들었던 적도 있다. 언젠가는 찐 감자 세 개로 삼 일을 버틴 적도 있었다. 나는 유물변증법이라든가 하는 몹시 복잡한 이론 같은 것은 전혀 이해하지 못하지만 '알겠다' 하고 녀석들이 말하는 것

전부를 수용하더라도 자기 자신이 부르주아의 — 그들의 말을 빌리자면 — 자식이면서도, 그 부르주아를 부모의 원수처럼 여기고 떠들어대는 것은 도통 이해가 되지 않는다. 그런 식으로 여름에 한 마디 했더니,

"아버지! 대장장이의 아들은 언제나 대장장이여야 합니까? 하물며 정의롭다고 생각하는 도리가 있다면 한 결 같이 나아가는 게 맞는 일 아닙니까? 지금 내가 속해있는 계급의 사람들이 다른 계급의 사람들에게 나쁜 짓을 하고 있는 것을 알게 되었다면, 나는 과거의 나를 장례지내고 지금의 나로서 살아가지 않으면 안 됩니다. 아버지, 진부한 이야기이긴 해도 그쪽이 더 이해하기 쉬울 것 같아 말하지요. '대의는 친족을 멸한다(大義親を滅す)'[2]라는 말이 있죠······."

라는 말이 돌아왔다.

도무지 최근의 젊은 녀석들은 건방지기 짝이 없다. 하지만 앞에서 이야기했던 것처럼, 이 말에 대한 거북한 느낌을 지울 수 없었다. 다만 너무나 그렇게 말할 수밖에 없는 상태일 따름이다.

돌연 궐련에 붙인 불이 꺼진 것에 눈치를 채고 초초해진 마음에 다시 성냥을 켜고 나서 소파에 허리를 구부렸다.

단 하나의 취미를 제외해보니, 내게는 자식들만이 즐거움의 전

---

2) '대의를 위해서라면 부모와 형제까지도 뒤돌아보지 않는다'라는 일본의 옛 속담.

부였다. 다쓰오가 저렇게 변하지만 않았더라면 나는 정말로 행복했을 터이지만……. 그렇다. 유키코(雪子)! 그 애는 참 좋은 여식이다. 아니……. 다쓰오도 나쁜 자식은 아니지만…….

하지만 문득 신문인가 어디에서 본 적이 있는 모 사상검사의 기사를 떠올렸다. 그러고 보면 요즘 들어, 도무지 건방진 글귀가 담긴 편지를 보내오지를 않는다. 가끔 책을 사겠다, 여행을 가겠다, 하면서 돈을 보내달라고 했었는데. 벌써 3학년이 됐지 않는가. 설마 잡혀가지는 않았겠지. 제발 그런 일까지 벌어지지만 않는다면 좋으련만……. '정부를 소란스럽게 하는 일'이라는 것조차 잊은 채 마음이 약해지고 있었다.

똑똑, 하고 노크를 하는 소리가 났다. 돌연 제정신이 들었다.

"네."

번들번들하게 빛나는 머리를 딱 4~5도 정도 기울여 고정시킨 미야타(宮田)가 조서를 들고 들어왔다.

"○○빌딩의 조사가 끝났습니다. 보험부금은 총액 50만 원이 됩니다. 이것이 신청서, 이것이 조사서, 항상 그래왔던 것처럼 30만 원을 재보험으로 돌리도록 조처하려는데……."

"응, 고맙네. 오늘은 돌아가겠어. 내일 하도록 합시다."

언제나 오늘의 업무는 오늘 끝내자는 모토를 가지고 있는 그였지만, 오늘은 왠지 머릿속이 어지럽기 짝이 없어서, 그렇게 말하고는 일어섰다. 미야타가 방을 나서고, 보이가 외투와 지팡이를 가지고 들어섰다.

끝까지 빨아들인 궐련 탓에 몽롱한 기분인 채로, 정신없이 애용하는 자동차에 올랐다.

미야타. 기골이 없는 남자다. 어떤 지시를 내려도 네네, 하고 답하기만 한다. 하지만 그러한 녀석이 써먹기엔 좋아서 나는 중용하고 있다. 내가 젊었던 시절에는 그렇지 않았다. 그런 녀석은 바보로 여겨져서 중요하게 쓰이지 못했다. 하지만 지금은……. 이것도 시대의 변화일지도.

그리고 무슨 이유인지는 몰라도, 다쓰오의 어떤 부분과 자신의 젊은 시절이 닮아 있는지 찾아내려고 애를 썼다.

*　　　　　　*　　　　　　*

박물관처럼 설명이 적힌 문자를 선명하게 비추기 위해 마련된 것이 아닌, 우중충하면서도 옛 느낌이 물씬 풍기는, 마치 천 년 전의 꿈이 사람의 마음에 촉촉하게 스며드는 인상을 주는 조명이 빛을 내려쬐고 있다. 적갈색의 별실에는, 북쪽과 서쪽에 나 있는 창문과, 두꺼운 마로 만든 커튼, 그리고 몇 개인가의 선반이 사방에 둘러서 있다. 그곳에는 노자(老子)와 같은 고려자기(高麗燒)와, 꽃처럼 피어나 있는 지나(支那)의 도자기, 혹은 기하학의 신비함을 말해주는 듯이 정연하게 조화를 이루고 있는 이국(異國)의 도자기가 전시되어 있었다. 이 모든 것이 ― 거의 백이삼십 점은 있을 것이다 ― 천 년 전의 유산인 것은 아니다. 하지만 대부분 천 년 전의 것으로부터 물들어, 천 년 전의 꿈에 잠겨 있었다.

남쪽에 나 있는 문을 열고 프랑스빵처럼 보이게 머리를 꾸민, 고생으로 좀 여위어보이지만 그럼에도 어딘가 정갈하게 아름다운 인상이 남아 있는 부인이 나이에 어울리는 검은 기모노를 입고, 바지런한 모습을 한 하녀 오후쿠(お福)에게 빗자루와 먼지떨이, 마른 헝겊을 들린 채 안으로 들어왔다.

오후쿠는 붉은 뺨이 터질 것 같은 생기 넘치는 여자다. 그녀는 기세 좋게 먼지떨이를 시작했다.

부인은 언제나 이를 멈춰 세우면서,

"얘, 오후쿠. 다른 곳은 몰라도 이 방만은 남편의 유일한 취미 생활이 모셔져 있으니까, 매우 조심하지 않으면 안 돼."
라고 말하곤 했다.

그리고 항상 마지막에는 그녀의 선량한 남편이, 다른 사람들처럼 예술가를 끌어들이거나 여급(女給)을 데리고 온다든지 하지 않는 것을 장황하게 늘어놓으며 감사해했다. 그리고 스스로는 마른 헝겊으로 항아리와 자기를 하나하나 정성스럽게 닦기 시작했다.

그 모습에는 연장자로서의 기묘한 애정이 담겨 있었으며, 혹은 아직 태어나지 않은 손자처럼 여기는 듯이 보이기도 했고, 혹은 자식 ― 갑자기 다쓰오를 떠올리게 되자 눈물이 났지만, 다시 딸

―인 유키코의 일을 생각하면서 미소를 띠며 차례차례로 도자기를 닦아나갔다.

오후쿠가 별실 중심에 있는 소파에 다가가 먼지떨이를 하고 정중하게 이집트 풍의 담요에 묻은 티끌들을 털어내 청소를 끝냈음에도, 부인은 도자기에 대한 애무를 멈추지 않았다.

그녀는 이 별실에 비치고 있는 천 년 전의 빛을 사랑하는 것은 아니다. 또한 정확히 말하자면 도자기를 사랑하는 것도 아니다. 도자기를 현재 그녀의 옆에 있지 않는 사람이나, 과거의 사람처럼 여기며 그러한 사람들을 어루만지고 있는 것이다.

정오가 지나서야 여인의 애무가 끝난다. 그때까지 오후쿠는 아무 것도 할 일이 없다. 그저 묵묵하게 부인의 뒷모습을 바라보며 서 있을 뿐이다. 오후쿠로서는 매일 접하는 일이라서 그런지, 그렇지 않으면 젊어서 그런지 아무리 생각해봐도 도자기를 좋아할 수가 없었다. 어느 날, 사모님이 그 '사람에 빗대어 생각하라'는 얘기를 한 적이 있다. 그래서 그 다음날 즉시 그대로 행해보았지만, 그 반짝반짝하고 반들반들한 모습은 큰 주인님의 대머리를 상기시키는 것 이외에는 아무런 느낌도 주지 못했다.

"자, 식사를 준비하기로 하자."

이렇게 부인이 말하는 것을 기다리다가, 오후쿠는 그녀의 뒤를 따라 천 년 전의 별실로부터 멀어져 갔다.

　　　　　*　　　　　　*　　　　　　*

　오늘은 사장님의 귀가가 빨랐다.

　차에서 내린 남편의 언짢은 기색을 눈치 챈 부인은 노고를 위로하는 듯이 남편을 도자기가 있는 별실로 이끈 후, 손수 차를 들인다든지 과자를 권하든지 하면서, 그의 마음이 평안해지는 것을 지켜본 후에 조용히 방을 나갔다.

　그렇게 하는 것이 언제나 제일 좋은 방법이었다. 도자기의 촉감을 즐긴다든지, 문양의 불가사의함에 빠져 심취한다든지, 혹은 그 도자기 안쪽에 담겨 있을 정신과 교감하려 한다든지 등을 하면서, 회사에서 일어난 번거로운 사건들이나 다쓰오의 일을 포함한 모든 것들로부터 예외 없이, 사장은 천 년 전의 유산에 취하며 잊어버릴 수 있었다.

　그는 서쪽에 난 창문에 달린 커튼을 열어젖혔다. 겨울 날씨에 떠 있는 저녁노을이 힘없이 가늘게 찔러 들어와서, 그가 가장 아끼는 고려자기를 비추었다. 그의 눈이 굳게 다문 입술처럼 도자기에 고정되었다. 뭐라고 표현할 수 없는 기묘한 곡선미에는 아마도 천 년의 향기가 묻어 있을 것이다. 홍염색의 방 안에서, 도자기를 반짝이게 하는 석양의 잔영이 사장의 고독한 콧대를 붉게 물들였다.

마침내 그의 마음은 천 년 전으로 녹아들었다. 그 순간을 그는 이 취미의 오의라고 말하곤 했다. 어떠한 잡념도 흐트러뜨릴 수 없는, 모든 것으로부터 격리된 순간이라 굳게 믿고 있었다.

끼이익……. 이런 느낌으로 문이 열렸다. 오후쿠가,

"사장님. 전화가 왔습니다."

라고 전했다. 콧대만이 붉게 빛나고 있는 채로, 그는 어두운 그림자 속에 있었다. 대답을 주지 않는 주인어른을 보면서, 오후쿠는 불길한 느낌을 받았다. 언제나 그 순간을 방해하면 안 된다고 말하면서 이 시간에 걸려오는 모든 전화를 대신 받으며, 절대 남편에게 전화 연결을 하지 않던 주인마님이 오늘은, 당황한 모습으로,

"오후쿠, 어서 빨리 사장님께서 전화 받도록 하시라고."

하고 말씀하시기에, 경황없이 올라왔을 뿐이다. 다시 한 번 목소리를 키워서,

"주인 어르신, 마님께서 전화가 왔으니 잠깐 오시라고 말씀하시……."

다시 '나'로 돌아온 사장은 그게 묘하게 유감스러운 듯이,

"성가시다!"

좀처럼 화를 내지 않는 주인어른이 고함을 치는 것에 놀라, 문을 열어둔 채로 그녀는 도망치듯이 물러났다.

"마님, 사장님께서 '성가시다'고 말씀하시기에."

부인은 뭔가 조바심이 난 모습으로 이에 대답하지 않고 복도를 달려 나갔다.

열린 채로 있는 문의 손 고리를 잡으며,

"당신, 전화가 왔어요. 회사에서요."

"성가시다고!"

결혼한 이래로 처음으로 그는 아내에게 호통을 쳤다.

"당신, 신축한 ○○빌딩이 지금 막 불이 났다는 모양이라……. 뭐라고 했더라. 아직 재보험도 들지 않았다든가……. 오십만 원의 보험지불금을 내지 않으면 안 된다고……."

"뭐라고, ○○빌딩이! 아뿔싸!"

사장은 벌떡 일어나 복도로 달렸다. '천 년 전 취미의 오의'는 어디로 간 건지 수수한 빛을 발하고 있는 후두부 쪽의 대머리가 좌우로 흔들리며, 불이 꺼진 복도의 어둠을 밝혔다. 부인은 문을 닫고 뒤를 따랐다. 당황해서 떨리고 있는 사장의 목소리가, 끝이 없어 보이는 갱도의 토굴에서 계속해서 들려오는 기괴한 비명소리의 메아리처럼, 불안한 예감을 동반하며 복도의 한편에서 다른 편까지 울려 퍼지고 있었다.

"여보세요. 몇 명이나 현장에 급파한 겐가. 뭐라? 통례에 따라 처리했……. 이 멍청아! 커다란 건물에서 일이 터졌을 때에는 더 많이 보내야지. 그 세 배는 해서 여섯 명. 서둘러라……. 나도 지금 회사로 가겠다."

3분 후.

도자기가 있는 별실의 고요함 속으로, '다녀오십시오'라고 하는 목소리와 가벼운 모터의 진동 소리가 고요함보다 더 고요하게 섞여들어 갔다.

도자기라고 하는 모든 도자기들은 그저 주식의 가치처럼 떨어질 일도, 신용이 떨어질 일도 없이, 그런 것들은 그들의 일이라는 것처럼 그저 천 년 전의 꿈을 꾸고 있었다.

(1933년 12월 30일)

— 京城帝國大學豫科學友會,『淸凉』第17號, 朝鮮印刷株式會社, 1934.

할머니婆さん

●

오영진(吳泳鎭)

어느 날 아침의 일이었다. 내가 누워 있는 4등 병실에 한 할머니가 느닷없이 불쑥 구부러진 몸을 밀고 들어왔다. 그리고는 우리 4등 병실에 있는 환자들의 존재를 무시하듯이, 새빨갛게 물든 스토브를 뒤로 하고 창문 너머의 저편을 멍한 눈으로 바라보기 시작했다.

　그 할머니의 풍채로 말하자면 실로 빈약함 그 자체라 할 수 있었다. 인간의 육체에다가 여러 가지 혈액이나 기타 잡다한 액체 물질을 주입하여, 될 수 있는 한 압축시켜 놓으면 아마도 이런 모습이 아닐까 하고 생각될 정도로 말이다. 성인 남성의 주먹만 한 머리 크기. 형편없이 주름진 얼굴. 완벽하게 새어버린 머리카락. 게다가,

　눈! 살짝 푸른빛이 서린, 깊은 바다 속에 조용하게 잠겨 있는 것 같은 저 눈!

부루퉁하게 솟은 작은 코. 돌출된 광대뼈. 너무 반듯하게 일자로 길게 나 있는 입. 잘린 나무토막처럼 얇고 까칠까칠한 사지.

셰익스피어의 희곡에 자주 등장하던 마녀 할멈 같은 느낌을 주는 자태였다. 물론 그런 마녀 할멈이 실제로 존재하지 않겠지만.

이러한 지난 세기의 유물과 같은 모습은 할머니가 젊었을 적에 결코 미인이었다고는 상상도 할 수 없게 하였다.

나는 스토브를 뒤로하고 밖을 바라보고 있는 할머니의 모습에 묘하게 호기심이 들었다. 그리고 할머니의 외모로부터 무엇인가를 유추해보려고 거의 벗겨질 것 같은 머리꼭대기서부터 발끝까지 몇 번이고 훑어보았다. 하지만 눈에 비친 것은 그저 미라처럼 말라비틀어진 지난 세기의 유물과, 때 묻은 의복뿐이었다. 할머니는 무감각하고 무표정한 인형처럼 미동도 하지 않고 한 곳에서 줄곧 서 있었다. 할머니의 표정은 철저하게 차가웠다. 세상 모든 일에 대해 절망하고, 여러 가지 사실에 체념했으며, 어떠한 것도 필요가 없어 보이는 사람처럼.

같은 병실의 고참—축농증으로 코 수술을 받은—환자는 내 근처로 다가와서 가지고 있는 모든 지식을 늘어놓으며 얘기를 털어놓았다. 조금은 동정하는 듯이, 하지만 살짝 교만한 목소리로.

"여기 온 지도 벌써 20년 정도 되었을 거요. 아무튼 간에 이 병원이 세워지고 나서 계속 있었던 모양이니까는. 대단하기도 하지."

"아, 그렇게나 오랫동안……."
하고, 조금은 감탄한 모습을 드러내보였다.

"응. 그거야 뭐, 어쨌든 여기서는 제일 고참이니까. 그래서 간호사들 같은 경우엔 모두 할머니 앞에 서면 머리를 숙인다는 거요. 요번에도 그 뚱뚱한 가래떡 같이 생긴 간호사가 한 방 먹었지요. 어디 간호사뿐인가. 의사 선생님이라도 기가 약한 자들은 한 수 접고 들어가는 모양이라니깐. 거기다가 할머니도 자기 마음에 든 녀석이 아니면 한 마디도 입을 열지 않고, 조금이라도 자기를 건드리는 말을 하면 상대가 누구건 간에 해마다 어떻게든 해치우고 마니깐 무서운 게지. 어쨌든 간에 좀 이상하긴 해. 나만 해도 벌써 저번에 완전 당했다니깐. 하하……."

"그렇습니까. 어떻게든 할머니 마음에 들게끔 하고 볼 일이군요. 그렇다고 할머니가 여식이나 손녀를 소개시켜준다는 말을 한다면 그건 또 딱 질색이겠지만요. 하하……."

나는 할머니에 대한 일에 이것저것 장난을 섞어가며 대화를 나눴다. 같은 병실 환자는 펫, 하고 검붉은 피를 가끔 토해가며 더 많은 얘기를 늘어놓았다.

　　　*　　　　　　*　　　　　　*

할머니가 열여섯 살 때─그녀의 이름을 아는 사람은 적어도

117

병원 내에서는 한 명도 없었다. 아마 그녀 자신조차도 잊어버렸을지 모른다. '어린 할머니'라는 호칭으로 부르는 것도 이상하니 편의상 할머니를 'A'라 부르기로 한다―아버지를 잃었다. 어머니는 그보다 일찍 이미 세상을 떠났다. 이로 인해 외동딸이었던 A는 아버지의 유산을 이어받아 한 순간에 부자가 되었다.

그러나 열여섯 소녀는 억만금이라는 재산을 앞에 두고 그저 어쩔 줄을 몰랐다. A는 어쩐지 무서웠다. 재산을 목적으로 접근하는 친척들보다도 어마어마한 돈 자체가 왠지 모르게 두려웠다. A는 가능하다면 재산 전부를 신뢰할 수 있는 누군가에게 관리를 맡기고, 그 사람으로부터 금전을 받아 매일 돈 걱정 없이 살 수만 있다면 그것으로 족하다고 생각하곤 했다.

그녀는 XX마을 1면 전체의 논밭이나 여기 저기 산재해 있는 저택들 같은 부동산보다, 하루 네다섯 냥 정도의 용돈을 더 바랐다. 그 돈을 받아서 생전 아버지에게 아무리 부탁해도 사주지 않았던 서양 비단으로 짠 저고리(チョゴリ)나 치마(チマ)부터 장만했으면 했다. 다음으로는 그 무슨 유명하다는 옷도……. 하지만 그녀 마음대로 되는 일은 없었다.

A는 그 다음해 열일곱 살이 되어 어떤 양반의 차남과 결혼식을 올리게 되었다. 그리고 그녀가 바랐던 서양 비단의 저고리도, 치마도, 그 무슨 유명하다는 옷도, 거기에 금 30근도, 설명할 수 없을 만큼 진귀한 여러 가지 장신구도 전부 손에 넣을 수 있었다.

물론 그녀는 기뻤다. 하지만 얼마 후 알지 못하는 젊은 남자와 이불을 같이 덮어야 한다는 것을 생각하면 무서워서 어쩔 줄을 몰랐다. 결혼식 당일 밤에는 한숨도 못 자고 방 한쪽 구석에 앉아 새벽을 밝혔다.

A의 결혼생활을 말하자면 행복한 것은 아니었다.

가난한 양반의 차남 도련님은 한편으로는 아내의 비위를 맞추면서도, 한편으론 아내의 재산을 화류계에 흥청망청 써댔다. A는 남편의 행실을 잘 알고 있었다. 두세 명 정도 첩으로 여자를 취했음이 분명했다. 그러나 마음을 속여서까지 남편이 주는 사랑의 편린이라도 건지려고 애를 썼다. 겉으로라도 남편이 자기에게 상냥하게 해줄 때는 마냥 기뻤다. 그것이 다른 재산을 요구할 때 쓰던 남편의 상투적인 수단이라는 것을 알고 있으면서도.

하지만 그 정도의 작은 행복도 길게 이어지지는 않았다.

A가 열여덟이 되던 해(다시 말하면 결혼하고 만 일 년이 되는 해), 남편은 뭐라고 하는지도 모를 서양 이름의 병명을 가진 질병을 앓다가 너무나 허무하게 죽어버리고 말았다. 아내의 뱃속에 자신의 씨앗을 남긴 채로. 남편이 죽고 이삼 일 후에 A는 '요망한 년(ヨマンハンヨン)'이라는 멸칭과 함께 남편의 집에서 쫓겨났다.

A는 저물어가는 해와 차가운 공기 사이에 서 있었다. 초승달

이 붉게 물들어 으스스하게 보였다. 그녀는 매정하고 무자비한 시아버지나 시어머니를 원망할 기분조차 들지 않았다. 계속되는 불행에 A는 더 이상 눈물을 흘릴 힘조차 없었기 때문이다. 그녀는 일어난 모든 일에 대해 묘하게 비웃어주고 싶은 마음이 들었다. 살면서 겪는 당연한 일에 사람들은 너무 쉽게 화내거나 울거나 만족하거나 하는 것 같아 보였다. 언젠가 당연히 찾아올 일, 예견했던 일이 일어났을 뿐이라는 생각을 했다. 그저 그것이 너무 빨리 찾아왔을 뿐.

A는 자기가 가져왔던 지참금 중 극히 일부분의 재산을 돌려받았다. 남편의 사랑방에 살던 서사(書士)[1]가 돈을 초록색 빛이 바랜 지갑에서 꺼내어 주었을 때, 그녀는 기계적으로 손을 뻗어 그것을 움켜쥐었다. 어느 정도인지 계산을 해보고 싶은 마음도 들었지만, 더불어 그 금액에 대해 불만을 표출할 기력조차 남아 있지 않았다. 아니, 그뿐 아니라 서사로부터 그 대가로 아이를 시댁에 맡기라는 충격적인 말을 듣고도 A는 무감각했다. 게다가 양반 가문을 상대로 고소해 송사를 일으키는 일이란 열여덟 살의 A에게는 생각하는 것만으로도 험난해 보였다.

그녀는 울며 잠자리를 지새우는 것밖에 달리 할 일이 없었다.

---

[1] 대서나 필사를 업으로 하는 사람.

그럼에도 별로 분한 기분은 들지 않았다. 그녀는 자기 자신, 스스로의 감정이 그저 불가사의하게만 느껴졌다. '아마 아버지는 내가 그 재산으로 잘 살 수 있을 것이라 기뻐하셨을 테지' 정도의 지난 감상에 그칠 뿐이었다. 지금까지의 일이 모두 스스로가 관계된 일이라고는 전혀 실감이 나지 않았다. 아버지의 사후, 유산을 상속했을 때 마치 그 돈이 자기 몫이라고는 전혀 실감이 나지 않았던 것처럼…….

그로부터 수 년 후, A의 두 번째 남편은 결국 그녀를 무일푼으로 만들어버렸다. 두 번째 남편은 상인이었다. 그는 A와 전 남편 사이에 아이가 있었다는 것을 구실로 될 수 있는 한 돈을 꾀어내더니 어디론가 도망쳐버렸다. A는 두 번이나 과부가 되었다. 세상 사람들은 물론, 친척들조차도 그녀를 도우거나 변호하려 하지 않았다. 그들은 오로지 각자의 일에 열중할 뿐이었다.

—그렇다. 인간은 오로지 스스로를 위해 잔혹하게 살아가는 존재이다. 이 세상에서는 이러한 이기주의가 매정하다고 하기는 커녕, 정당한 일로 치부되었다. 그 어떤 것 중에 진짜 같은 게 있었더냐. 부부의 사랑이 뭔가! 그들은 단지 스스로를 위해 사랑을 했다. 부부! 그것은 공공연히 허락된 계약 연애에 지나지 않는다. 사기나 다름없다. 공공연히 허락된 성욕 만족을 위한 매음행위에 지나지 않는다. 나는 어리석었다. 무기를 뺏어가고 다시 일어설

힘도 없어질 만큼 두드려 맞고서야 처음으로 깨닫다니! 이제 땅
바닥에 찰싹 달라붙어 슬프게 울어봤자 그게 무슨 소용인가. 그
래도 나는 일어서지 않으면 안 된다. 나 스스로를 위해서 ―

   그 이후의 A의 생활에 대해서, 어떤 것도 새롭게 늘어놓을 만
한 이야기는 새삼 없다고 할 수 있다. 생지옥이나 다름없는 시어
머니 봉공(オモニ奉公). 이는 그녀를 낙담하게끔 만들었고, 한편으
론 살아갈 용기를 북돋아주었다. 그리고 그녀를 깨닫게 해주었
다. A는 자기 자신을 위해 일어서야 했다. 남편, 친구, 미남, 추남,
귀여운 아이. 모든 이들이 그녀의 안중에서 사라졌다. 그것들은
부차적인 문제였다. 그녀가 생각한 이 모든 것들은 동시에 정당
했다. 그녀의 안중에 놓인 것은 그저 어둡고 지독하게 갈고 닦아
야 할 스스로의 모습이었다. 그녀의 검은 그림자는 해가 갈수록
더 커질 뿐이었다. 사회는 이십여 년 동안 한 명의 편협한 개인
주의자를 만들어내었다. 그리고 이 서양인이 경영하는 병원의 창
립과 동시에, 그녀 ― 그때 이미 마흔이 넘은 ― 는 청소부로서 고
용되었다.

        *   *   *

   나는 지금까지 흔히 있을 것 같으면서도 유쾌하지 않은 가정
비극 이야기를 풀어놓아 A씨를 한 명의 불구자로 묘사해버렸다.

하지만 나는 이대로 할머니 A씨의 이야기를 끝내고 싶지는 않다. 그 후의 할머니가 살아온 삶에 대해서 조금 더 이야기를 늘어놓아보기로 한다.

벌써 마흔 살이 넘은 A는 허드렛일이나 다름없는 4등 병실의 청소 역할을 부여받았다. 이 작달만한 추녀는 때가 낀 흰 천장 아래를 물 한 동이가 가득 든 양동이를 손에 들고 청소하며 걸어 다녔다.

같은 복도, 같은 병실.

하지만 여기에서도 마치 할머니가 윤회한 것처럼, 인간의 비탄이나 절망의 목소리가 떠돌았다. 사실 이곳이야말로, 그러한 것을 한층 더 돋보이게 만들었다. 매일매일 4등 병실의 여러 환자들이 생활에 대한 푸념을 토하고, 점점 더 커져가는 불평의 목소리들. 이런 불규칙한 멜로디는 A에게 무언가 활력을 불어넣기 힘든 환경으로 다가왔다.

할머니가 병원에 고용된 날로부터 십오 년째 되는 늦가을의 어느 날이었다.

회계과에 배속된 사무원이 뭔가 고함을 치는 목소리가 복도를 청소하고 있던 할머니 귀에 와 닿았다. 이는 8호실에서 나는 소리였다. 할머니는 청소도구를 벽에 세워 둔 채로 성큼성큼 8호실 쪽으로 들어가 보았다. 사정 볼 것 없이 눈매가 사나워진 호리호

리한 안경 낀 사무원이 침대에 누워 있는 환자 ─늑막염에 걸린 머리 한 올까지 하얗게 샌 고목 같은 노인 ─을 앞에 두고, 난폭한 모습으로 있는 힘껏 화를 내고 있었다.

"참 어처구니없는 할아버지일세. 입원비를 반으로 깎아 달라고요! 수술비까지 디스카운트(할머니가 십오 년 동안 병원에서 살아오면서 배운 딱 한 마디의 영어 단어였다)해 달라니. 게다가 저번 주 입원비는 어떻게 할 겁니까. 자, 오늘 비용을 낼 수 있다면 빨리 주고, 낼 수 없다고 한다면 나가주길 바랍니다. 여긴 무료숙박업소 같은 곳이 아니니깐. 자식도 손자도 없는 사람이라니 참. 그 정도 돈도 장만하지 못한다는 게."

사무원은 사환에게 할아버지의 옷을 가져 오라고 시켰다. 할아버지의 얼굴에는 필사적인 모습이 역력히 드러나 있었다.

"만약! 몸도 아직까지 부자유한 마당에 이대로 나간다면, 이 늙은이는 어떻게 되는 거요. 지금 수중에 없는 돈을 내놓으라고 한다면 그건 당연히 무리가 아니오. 만약에 나으리! 사람 죽으라는 말은 좀 거두고 이삼 일만 기다려줄 수는 없는 겐가……."

"그런 건 내가 상관할 일이 아니오."

사무원은 찬물을 끼얹듯이 단호하게 말했다.

할아버지는 얼굴에 경련을 일으키며 공허하게 입언저리를 웅얼거리기만 할 뿐이었다.

"그 돈이라면 내가 대신 치러줄 터이니……."

할머니는 반쯤 몽롱한 목소리로 말한 후, 어안이 벙벙해진 사무원과 할아버지를 뒤로 하고 아장아장한 걸음으로 허리를 구부리고 밖으로 나가버렸다.

휙, 하고 잿빛으로 썩어가고 있는 낙엽을 날리는 바람소리가 때때로 들려오는 그날 밤이었다. 바스락바스락, 하고 나뭇가지가 지나가는 바람에 따라 흔들렸다. 하늘 저편에 걸린 날카로운 초승달마저 차가워보였다. 기분 나쁠 정도로 검푸른 달빛이 방 한 구석을 물들였다. 어디선가 땡, 하고 새벽 두 시를 알리는 소리가 났다. 얇은 이불을 덮은 할머니의 머릿속은 더욱 또렷해지고 있었다.

아주 옛날부터의 기억들이 주마등처럼 할머니의 머리를 지나갔다. 결혼식 첫날밤의 그 알 수 없는 두려움. 남편의 집에서 쫓겨나 추운 바닥 위에서 서성이던 그림자. 그날 밤도 마침 오늘처럼 초승달이 떠 있던 날이었는가. 어떤 저항도 해보지 못하고 그저 빼앗겨버린 아이. 이제 지금쯤이면 마흔 정도 된 훌륭한 남자로 성장했을 것이다. 그럼에도 한 번 볼 수도 없는 처지가 되었다. 그때는 참으로 귀여운 아기였는데. 그로부터 그 비열한 상인 (두 번째 남편)놈에게 사기당한 것을 알아챘을 때의 분함. 귀신 가죽을 뒤집어쓴 것처럼 살아왔던 지금까지의 생활. 병원에서 전 남편의 가족, 아니, 양반계급 자체의 몰락을 소식으로 들었을 때의,

그 뒷맛이 좋지 않은 희열감. 전 남편의 가족들이 뿔뿔이 흩어지게 되었다는 것을 알았을 때의, 그 오싹한 유쾌함.

—아, 그건 그렇다 치더라도 오늘 밤은 참으로 쓸쓸한 기분이 드는구나. 그 할아버지의 입원비를 대신 내준다는 등의 헛소리를 한 까닭일지도 모른다. 대체 왜 내가 그런 바보 같은 짓을 해버렸을까. 그것도 나 자신을 위해서 그랬던 것일까!

아니, 그때는 내가 판단이 흐려져 있던 상태였다. 때문에 그런 바보 같은 짓을 해버린 것이다. 나는 그 시어머니를 모시던 하녀 생활에서부터 여기까지 기어 올라온 강인한 여성이다. 근데 어째서 이렇게 약해져버린 것인가. 나이를 먹어버린 때문인가. 나로서는 알 수가 없구나. 나는 나의 마음을 알 수가 없다. 나라는 년에 대해 알 수가 없다! 스스로가 싫어져버릴 정도이다. 왜 그렇게 나는 마음이 어지러웠던 것일까.

나는 젊은 시절, 내가 가졌던 생각이 잘못되었음을 알고 난 이후부터, 능숙하게 그것을 고쳐가며 잘 살아왔을 터이다. 그리고 난 이로 인해서, 무려 사십여 년이라는 긴 시간 동안 올바른 방향으로 지내왔다. 그것이 최근 이삼 년 동안 흔들리기 시작하다니! 혹시 그렇다면 그 전의 긴 생애는 스스로의 마음을 속여 왔던 거짓 생활에 불과한 것일까. 아니다. 절대 그럴 리가 없다. 나는 가장 옳은 방향으로 살아왔다고 자부할 수 있다. 지금까지 생활 방식은 단 한 번도 눈물을 흘리게 하지 않았는걸. 하지만 이 왠지 모르게 슬프거나 쓸쓸한 감정은 무엇일까. 어딘가 부족한 듯한, 명확히 말할 수 없는 공허한 기분이 드는 것은 왜일까? 세월 탓이다! 그래. 세월 때문이다. 세월 탓이야―

할머니의 눈에는 눈물이 고이기 시작했다. 눈물이 가득 고였다. 그리곤 주르르하고 주름의 협곡을 따라 흘려내려, 베게 밑에 고였다. 볼에 닿는 그 서늘한 느낌에 기분이 오싹했다. 할머니는 베개를 거꾸로 뒤집었다. 하지만 그것도 곧 금세 흠뻑 젖고 말았다. 그럼에도 수십 년 안 눈물을 모르고 살아왔던 할머니에게, 이 눈물은 대체 어떤 의미로 다가왔을까.

자기 자신을 안타깝게 생각하여 절망 끝에 선 사람의 눈물이었을까.

그렇지 않으면 달콤한 깨달음과 그 만족감에서 나온 눈물이었을까.

어둠 속에서 새 한 마리가 까악까악, 하고 울며 날아올랐다.

그날 밤 이후로 할머니는 현저히 야위고 약해져만 갔다. 스스로의 모순된 생애를 가운데에 두고, 두 가지 마음이 충돌했다. 이 때문에 할머니의 얼굴은 묘하게 오그라든 듯이 보였다. 더욱 주름진 얼굴이 되었다. 그렇게 지금처럼 까다로운 성미로 변모했던

127

것이다.

간호사들은 전보다 더 할머니를 무서워하게 되었다.

＊　　　　　＊　　　　　＊

나는 그 후 할머니가 어떻게 살아갔는지에 대해서는 잘 모른다. 불행인지 다행인지 병이 금방 나았기 때문이다. 나는 모처럼 정들었던 같은 병실 환자들에게 이별을 고했다. 특히 할머니에게. 하지만 병원은 무료숙박업소가 아닌 까닭에, 어쩔 수 없이 퇴원 수속을 마쳤다. 이와 동시에 할머니의 이후 역사에 대해서는 알 길이 없어졌다. 그럼에도 불구하고 사무원에게 재촉을 받으며 퇴원하던 날, 자신의 얼굴처럼 주름투성이인 사과 두 개와 밀감 네 개를, 고목과 같은 손으로 내 주머니에 넣어주던 할머니의 모습은 결코 잊을 수가 없었다.

(1934년 5월 17일)

― 京城帝國大學豫科學友會,『淸凉』第18號, 朝鮮印刷株式會社, 1934.